TABEA STEINER

IMMER ZWEI UND ZWEI

ROMAN

edition bücherlese

A

Advent

Kalt war es. Die Menschen waren im Frost eingezwängt, sobald sie aber ein Gebäude betraten, lief ihnen sofort die Nase. Auch Tränen lösten sich von allein. Sie gingen schnell in der Einkaufsstraße, und es wirkte wie ein sonderbares physikalisches Gesetz, wie sie sich in den gläsernen Drehtüren langsam bewegten. Sobald sie aber daraus hervortraten, gingen sie so rasch, als hätte eine Zentrifugalkraft sie angeschoben.

Eine Frau verlangsamte ihren Schritt. Sie holte einen Zettel aus der Manteltasche, prüfte ihn, sah sich um und wandte sich einem Geschäft zu, das etwas versteckt in der nächsten Seitengasse lag.

In diesem Moment blickten sich zwei noch sehr junge Frauen an. Eine nickte, die andere zog nur mit. Wie beiläufig steuerten sie auf die Frau zu, die nun schon zwei, drei Schritte in die Richtung des Geschäftes gemacht hatte. Wirklich beschleunigt hatte sie ihren Gang noch nicht, und so blieb sie auch gleich wieder stehen, trotz der Kälte, als eine der beiden Frauen sie ansprach, entschuldigen Sie?

Ja? Die wenigen Worte schwebten als kleine Wolken in der eisigen Luft. Die Ältere wartete, und die beiden Jüngeren schauten sich an, eine machte mit dem Ellbogen eine Bewegung zur anderen hin. Die Blicke der drei Frauen trafen sich auf diesem Ellbogenwinkel, auf dem Mantelstoff, ein dunkler fester Mantel, der wirkte, als könnte er die Kleider darunter wenn nicht warmhalten, so doch vor dem Klammfrieren bewahren.

Die Frau schaute den beiden ins Gesicht, bemerkte den roten Nasenspitz der einen und zog ihren Mantel enger um die Schultern. Ja, sagte sie noch einmal, eine nur winzige Wolke stieg von ihrem Mund auf. Die eine der jungen Frauen erwiderte ihren Blick und sagte mit wenig Luft in der Stimme: Dürfen wir für Sie beten?

Hochsommer

Kristin schließt die Wohnungstür auf, streift die hohen Schuhe ab und steht barfuß auf dem Holzboden ihres Korridors. Die Blase am rechten Fuß schmerzt, sie trägt sonst keine so hohen Schuhe. Sie lässt ihre Kleider auf dem Fußboden liegen, stellt sich unter die Dusche, warm, ganz kalt, dann wieder warm.

Die Braut war am Arm ihres Vaters durch die Tür gekommen, ein schwarzer Schatten im Gegenlicht. Wie auf dünnem Eis ging sie an den vollen Reihen vorbei, ihrem Mann entgegen, der schon vorne saß, weiß vor Aufregung.

Kristin war wie jedes Mal tagelang über dem Predigttext gesessen. Sie wollte den Brautpaaren etwas Individuelles mitgeben, etwas, das beide berührte. Auch mit diesem Paar hatte sie sich im Vorfeld mehrmals getroffen. Sie wollte wissen, wer die Menschen waren, die sie traute, verstehen, was sie aneinander liebten, warum sie überhaupt heiraten wollten. Warum es ihnen wichtig war, kirchlich zu heiraten, protestantisch. Und nebenher versuchte sie herauszufinden, warum das Paar sich von ihr trauen lassen wollte.

Aber wenn sie auf der Kanzel stand, sprach sie doch meistens von Großzügigkeit, von Demut, von Freiheit. Im Studium hatten sie Witze gemacht über diese mehrfache Inanität eines überschätzten Sprechakts, dabei den Ton des Professors imitiert.

Die Familien schauten sich an, als Marlen anfing zu spielen, wie Familien sich eben anschauen können. Die einen zogen auffällig die Brauen hoch, andere guckten nur nach vorn und wollten nichts bemerkt haben, ganze Romane lagen in diesen Blicken. Aber die Braut hatte sich gewünscht, dass nicht die Orgel gespielt wird, sondern Schlagzeug, und das akzeptierte man, auch als Familie.

Es wurde heiß in der Kirche, die Leute holten Luft und schwitzten, eine Biene umschwirrte eine Hochsteckfrisur, gemeinsam fächerte man das Tierchen hinaus. So etwas verbindet jede Hochzeitsgesellschaft.

Kaum waren die ersten Gläser getrunken, wedelte der Fotograf mit seiner Liste. Wie ein Schäferhund kreiste er die Menschen ein, um das Ephemere für alle Ewigkeit in ein Standbild zu bannen. Er fotografierte Kristin mehrmals von Weitem, als Marlen in der Nähe stand. Als würde sie so etwas nicht bemerken.

Kristin fasst nach dem Shampoo, schäumt sich die Haare ein, schließt die Augen, damit der Schaum nicht brennt. Er hatte es dann doch verpasst, den Kinderchor zu fotografieren, und die Mütter mussten ihre Kinder vom Spielplatz holen. Ein Junge im Pinguinfrack putschte auf der Rutsche in ein Mädchen im rosa Flamingokleidchen. Schließlich rotteten sich die Kinder vor dem Kuchenstand zusammen und trotzten mit verschmierten Mäulern in die Kamera.

Der Organisator gab alle paar Minuten Anweisungen durch das Megafon, erklärte Spielregeln oder wie man die Ballone mit Helium füllt. Bei einem Spiel musste die Braut für jede Runde einen anderen Gegner aussuchen, mit dem sie sich an einer neuen Aufgabe messen sollte, einen Knopf annähen, oder von Hand Eiweiß steif schlagen. Später musste sie Geschirr fangen, das ihr der Bräutigam mit verbundenen Augen zuwarf, die Gesellschaft hatte jedes Mal eine Riesengaudi, wenn eine Tasse in Scherben ging.

Kristin war immer wieder fasziniert, dass von allen Gesellschaftsschichten die gleichen Hochzeitsspiele hervorgeholt wurden.

Sie lehnt die Stirn an die Kacheln, massiert sich hinter den Ohren, den Schulteransatz, sie muss lächeln. Marlens Großmutter war ganz langsam, aber zielstrebig an ihrem Stock auf sie zugekommen. Sie legte beide Hände auf den Knauf, blickte zu ihr hoch und sagte, schön haben Sie gesprochen. Schon halb abgewandt drehte sie den Kopf nochmals und sagte, Marlen mag Sie. Kristin schaute der alten Frau hinterher, die sich aus ihren weißen Haaren ein Nestchen gedreht hatte.

Von der Kirche zum Hotel wurde sie von Marlens Tante gefahren, die sich ärgerte, dass sie die Blumengestecke transportieren musste. Marlen fuhr auch mit, wie Kinder saßen sie auf der Rückbank. Im Kofferraum müffelten die Pflanzen.

Kristin war schon im Auto schlecht, obwohl sie erst ein Glas getrunken hatte, möglicherweise auch zwei. Manchmal wurde sie nur für die Trauung gebucht und konnte nach dem Apéro nach Hause gehen. Dann achtete sie darauf, dass sie keinen Alkohol trank. Wenn die Brautleute sich wünschten, dass sie am ganzen Fest teilnahm, stellte sie einen höheren Betrag in Rechnung.

Wer lässt sich schon dafür bezahlen, an Festen teilzunehmen. Kristin stellt das Wasser nochmals ganz kalt, es fließt an ihr herab, diesmal ist sie es, die den Preis bezahlt. Sie muss nochmals eine Tablette gegen die Kopfschmerzen nehmen.

Die Tischordnung hatte ihr einen Platz am Singletisch zugewiesen. Ihr war das nicht einmal aufgefallen, sie bemerkte es erst, als Marlen sie darauf hinwies. In Zukunft musste sie sich besser überlegen, ob sie wirklich den ganzen Tag dabei sein wollte. Es brauchte sie nicht mehr nach der Trauung, und aus der Rolle einer Pfarrerin kam man nicht heraus, schon gar nicht, wenn man die Gäste nicht kannte. Kristin ließ sich trotzdem immer wieder dazu überreden, für das Fest zu bleiben, den großen Tag des Brautpaars. Sie wollte ihnen nicht den Eindruck vermitteln, es wäre für sie nur ein Job. Aber was war es sonst.

Hie und da täte es ihr gut, ein ganzes Wochenende für sich zu haben. Die Anfragen und Pfarrvertretungen häuften sich und verteilten sich meist über alle sieben Wochentage, und ihr blieb wenig Zeit, über die sie frei verfügen konnte. Vielleicht sollte sie den Tarif erhöhen.

Auf diesen Feiern wusste nie jemand, über was man mit einer Pfarrerin reden konnte. Ein Brautvater hatte sie einmal gefragt, ob sie keinen Mann habe, und dann, ob sie zölibatär lebe.

Sie war gegenüber von Marlen gesessen. Die Männer blieben höflich. Neben Kristin saß ein junger Biologe, der sich mit invasiven Pflanzen beschäftigte und seine Serviette nach jedem Gebrauch säuberlich zusammenfaltete. Der eine forderte Kristin dreimal zum Tanzen auf und fragte sie dann, schon auf dem Parkplatz, nach ihrer Nummer, obwohl sie irgendwann nur noch mit Marlen getanzt hatte. Sie schaute zu Marlen, die den Kopf schief legte, und da kam das Taxi.

Kristin massiert sich nochmals diesen einen Punkt hinter dem Ohr. Nach dem Fest hatte sie nur noch nach Hause fahren wollen. Sie hätte nicht auf ihr Telefon schauen sollen, nachdem sie es schon ausgeschaltet hatte, sie kannte sich doch. Sie wollte nur die letzten Nachrichten von Natali nochmals lesen. Aber sie sah sofort, dass das Profilbild gewechselt hatte. Alles war verschwommen, sie konnte nur mit einem Auge auf das Telefon blicken und zoomte das schlecht aufgelöste Bild mit zwei Fingern heran. Manuel war deutlich zu erkennen, wie er mit den beiden Kindern einen Hang hinaufsteigt, an der einen Hand geht Abi, Suli sitzt auf seinen Schultern, schief, als würde sie schlafen.

Kristin spült den Schaum ab. Dann steigt sie aus der Kabine, entfernt den Nagellack, desinfiziert die Blase, cremt sich ein. Das Telefon hatte sie gleich wieder ausgeschaltet und in die Tasche gelegt. Zum zweiten Mal an diesem Tag saß sie mit Marlen in einem Auto. Diesmal fuhren sie durch die Nacht, und als Marlen ausgestiegen war, blickte der Fahrer zu ihr nach hinten. Da stieg sie auch aus und sah erst jetzt, dass Marlen auf der Kühlerhaube saß. Marlen nahm Kristin an der Hand und kochte ihr einen Tee, und am Morgen schnarchte sie leise und schlief tief. Kristin wachte viel zu früh mit wilden Kopfschmerzen auf, versuchte, nochmals einzuschlafen, hinterließ gegen Mittag eine Notiz in der Küche und ging. Ihre Füße schmerzten in den hohen Schuhen, sie stieg von der einen Straßenbahn in die andere um, die Sonne stach ihr in die Augen. Kristin lacht auf, ihr fällt erst jetzt ein, dass sie eine Sonnenbrille dabeigehabt hätte, und flache Schuhe. Marlen hatte im Taxi von einer Frau erzählt, die beim ersten Streit auf der Hochzeitsreise die Schuhe ihres Mannes verbrannt hatte. Kristin hatte bisher nur jene Geschichte gekannt, in der ein Mann die Schuhe seiner Frau aus dem Fenster wirft, um sie am Gehen zu hindern.

Im Spiegelschrank sucht sie nach den Tabletten, nimmt gleich zwei, holt eine große Flasche Wasser und legt sich auf der Veranda in den Liegestuhl. Das Telefon schaltet sie nicht mehr ein, nicht heute, sie kann morgen wieder draufschauen.

Das Buch Natali

Natali ging einmal durch die Wohnung, goss die Pflanzen. Dann packte sie den Rechner ein, die Hefte, den alten Teller und stieg aufs Fahrrad. Am Friedhof schob sie und hielt bei den grasenden Schafen an. Die Tiere schauten ihr lange hinterher.

In der Werkstatt rauchte sie als Erstes eine Zigarette. Ihr Blick ging über die Industriegebäude, die dahinterliegenden Äcker. Das Getreide war schon abgeerntet.

Helles Licht fiel in den Raum. Natali löste die luftdichte Folie von ihrer Tonfigur, ließ die Drehscheibe kreisen, trug Lehmschichten auf, zog sie wieder ab, es wurde nichts.

Am Fenster rauchte sie eine zweite Zigarette. Die Asche krümmte sich wie eine Raupe, ein Pflug zog Ornamente in den Acker.

Christof warf die Tür zu. Natali erschrak, Asche fiel ab. Er stellte sich zu ihr ans Fenster, holte den Tabak und die Streichhölzer hervor und nahm einen tiefen ersten Zug.

Manuel holte die Lasagne aus dem Ofen, nahm die Hände seiner Kinder, sprach das Gebet und füllte die Teller.

Hast du keinen Hunger? Natali zerteilte Sulis Essen, die Hälfte nehme ich dir ab. Suli nahm die Finger zu Hilfe, trocknete sie am Pullover ab und kletterte ihrer Mutter auf die Knie. Ich möchte nicht mehr in die Sonntagsschule, flüsterte sie ihr ins Ohr und stülpte sich die Kapuze über den Kopf. Katzenohren waren daran angenäht.

Sie darf das Stofftier nicht mehr mitnehmen, rief Abi, Tobias hat gesagt, sie ist zu groß dafür. Manuel warf Natali einen Blick zu und zupfte an Sulis Katzenohren. Dann erst schaute er Abi streng an.

Natali rannte die Treppe hoch. Die Schulzimmertür stand offen, Lärm schlug ihr entgegen.

Die Kinder huschten an ihre Plätze, nur ein Stuhl blieb leer. Das Kind kauerte unter seinem Tisch, wie große Perlen standen ihm die Wirbel im Nacken ab.

Er!, rief das Kind und zeigte auf ein anderes, dann sprang es auf und schlug die Tür hinter sich zu.

Erst nach der Schule hatte sie das Kind dazu bewegen können, die Klokabine zu entriegeln. In den Pantoffeln war es davongerannt. Natali versuchte vergeblich, seine Eltern zu erreichen, keines der anderen Kinder wollte ihm die Schuhe oder wenigstens die Hausaufgaben bringen. Sie machte ihrer Kollegin eine Notiz.

Manuel klappte den Rechner zu und Natali brachte die Gläser in die Küche. Seit Wochen schauten sie sich eine Serie an, die damit einsetzt, dass zwei Prozent der Menschheit verschwindet. Natali grauste dabei vor allem vor der ewig weiß gekleideten Gruppe, die ständig rauchte und es sich zur Aufgabe gemacht hatte, alle anderen Menschen unablässig an die Katastrophe zu erinnern. Sie stiegen in die Wohnungen der Hinterbliebenen ein, entwendeten Fotos und modellierten die Verschwundenen in Lebensgröße, um sie in ihre Betten zu legen, an die Tische zu setzen und in den Wohnzimmern auf der Couch zu platzieren.

Nach dieser Staffel brauche ich eine längere Pause, sagte Natali, aber Manuel lachte, das ist bloß, weil du als Kind nicht Fernsehen schauen durftest. Er wurde ernst, als er sah, dass Natali das nicht lustig fand. Man muss sich vorstellen können, was mit den Zurückgelassenen passiert, wenn es einmal so weit ist, sagte er, dann ist man auch bereit, anderen die frohe Botschaft weiterzuerzählen.

Natali hatte als Kind oft auf ihre jüngere Schwester aufgepasst. Einmal war sie plötzlich verschwunden, Natali rief nach ihr, geriet in Panik, rannte ums Haus, in den Stall, zu den Kälbern. Natali wusste, dass Tiere unruhig werden, wenn etwas geschieht, aber die Kälber schauten sie bloß an.

Da wurde ihr klar, dass sie allein war, wirklich allein, wenn nicht einmal die Kälber mehr etwas merkten. Sie wusste, dass sie zurückgeblieben war auf der Welt, endgültig und nur sie.

Ihre kleine Schwester lachte und freute sich wie ein Dieb, dass sie sich so gut versteckt hatte. Dabei hatte sie bloß hinter der Tür gesessen.

Natali betrachtete ihre kleinen Lehmskulpturen. Sie standen in Reih und Glied im Regal, gut verpackt, damit sie nicht eintrockneten. Sie wählte eine Tonfigur, nahm die Folie ab, bearbeitete sie weiter, ließ sie auf der Drehscheibe kreisen.

Irgendwann stand sie auf, kochte Kaffee und holte das Telefon aus der Tasche. Manuel hatte mehrmals angerufen, sie drückte die Rückruftaste.

Hastig packte sie zusammen, warf einen Blick in den Raum, alles wirkte surreal. Vor wenigen Tagen hatten sie bei Manuels Eltern gegessen, die Kinder noch mit ihrem Opa im Garten gespielt.

Nach dem Gottesdienst kam Rosalie auf Natali zu und umarmte sie, das ging ja furchtbar schnell. Natali nickte, darauf war niemand gefasst.

Rosalie strich ihrer Freundin über den Arm, sagt mir, wenn ihr Unterstützung braucht. Das meiste hängt an Manuels Mutter, sagte Natali und nahm Suli auf den Arm, die sich am Stofftier festklammerte.

Bleibt ihr zum Kirchenkaffee? Rosalie zupfte am Stoffschwanz, aber Suli schmiegte sich an ihre Mutter und versteckte das Tier unter dem Pullover. Heute lieber nicht, Natali schaute sich nach ihrem Mann um, wir gehen zu Manuels Mutter.

Natali überblickte die Klasse, das Schaben der Stifte unterlegte die konzentrierte Stille. Sie öffnete ein Fenster.

Ein Kind schrie auf, Natali fuhr herum. Das Kind wies mit beiden Händen auf den Regenwurm, der aus einer Papiertüte gekrochen kam.

Sie nahm das Papier auseinander. Der Wurm sei ein Geschenk, las sie, weil dieses Kind sich doch ein Haustier gewünscht habe. Natali kannte die Handschriften.

Als sie später das Licht löschen wollte, sah sie, wie sich auf dem Boden etwas bewegte. Der Wurm kringelte sich zusammen, halb eingetrocknet war er. Sie legte das Tierchen in ein Glas, trug es die Treppe hinunter und setzte es auf der Wiese aus. Das hätten die beiden Kinder tun müssen, zur Versöhnung, so hatten sie es zusammen ausgemacht.

Christof kam früher als gewöhnlich, er trat neben Natali und nestelte einen Zettel aus dem Rucksack. Schau mal, ich soll hier ausstellen.

Natali wischte die Hände ab, in der Stadtgalerie? Christof faltete das Papier wieder zusammen, ja, es ist jemand ausgefallen, und nun soll ich schon im November ausstellen. Er steckte den Zettel in die Hosentasche, könntest du dir vorstellen, mir zu helfen? Allein schaffe ich das niemals in dieser kurzen Zeit.

Natali hatte gerade ihre Abiturprüfungen abgelegt. Sie war erschöpft, sie wusste, dass in wenigen Tagen die Resultate eintreffen würden. Sie setzte sich in die zweite Reihe, konnte der Predigt aber nicht recht folgen. Erst am Ende horchte sie auf. Eher geht ein Kamel durch ein Nadelöhr, als dass ein Reicher in den Himmel kommt. Der Pfarrer schaute sie an und fuhr mit seiner Auslegung des Gleichnisses fort, mit den Reichen sind die Klugen gemeint, sagte er und schloss die Bibel.

Am Ausgang reichte der Pfarrer allen die Hand. Er sah Natali prüfend an, ich habe gehört, du willst Theologie studieren. Er legte seine andere Hand auf Natalis Schulter, die Gefahren lauern überall.

Noch bevor sie die Prüfungsresultate erhalten hatte, kam die Zusage für das Vorbereitungsjahr an der Kunstschule. Ein Jahr später zog sie aus, aber dass sie die Aufnahmeprüfung für das Kunststudium nicht bestehen würde, damit hatte sie nicht gerechnet.

Abi und Suli hockten konzentriert am Küchentisch, hantierten mit Pinseln und Wasserfarben, überall klebte Salzteig.

Manuel kam in die Küche und sah sich die Figürchen an. Meine drei Künstlerinnen, sagte er und ging zum Gefrierfach, wer will ein Eis?

Die Kinder malten mit verschmierten Mäulern weiter. Natali trug das Kaffeegeschirr auf den Balkon. Manuel trat hinter sie, küsste ihren Hals, meinst du, sie sind beschäftigt?

Er machte die Schlafzimmertür zu, horchte, schloss sie sicherheitshalber ab.

Die Schuldirektorin schaute zu Natali, dann zu ihrer Kollegin. Ich begrüße es sehr, dass ihr diese Weiterbildung machen wollt, eure Klasse ist tatsächlich nicht einfach. Am besten informiert ihr auch gleich die Eltern, das baut Vertrauen auf.

Sie unterschrieb das Anmeldeformular, schob es den beiden Lehrerinnen hin, leider könnt ihr je nur die Hälfte der Zeit kompensieren, weil ihr euch eine Stelle teilt. Sie stand auf, das ist nicht auf meinem Mist gewachsen.

Hier sollte es sein. Manuels Mutter zirkelte ihren kleinen Wagen in den Hinterhof. Der Bildhauer wartete an der Rampe, reichte beiden Frauen die Hand und sprach ihnen sein Beileid aus.

Auf der einzigen Herdplatte stand eine Kaffeekanne. Der Bildhauer holte ein paar Tassen aus dem Schrank und stellte sie neben die Kataloge auf den Tisch. Er blätterte darin und schaute Natali an, ihr Vater verdient einen besonderen Grabstein. Mein Mann, sagte Manuels Mutter, und ihr Schwiegervater.

Er legte sich die Hand vor die Brust, Entschuldigung. An der Innenseite des kleinen Fingers seiner linken Hand hatte er einen Buckel.

Rosalie schob den Teller von sich, legte das Besteck weg. Entschuldige, dass ich dich so zugetextet habe, sagte sie, aber ich verstehe wirklich nicht, dass Tobias meine Entscheidung nicht akzeptiert. Natali schüttelte genervt den Kopf, das ist typisch für ihn. Am meisten ärgert mich dieses zufällige Herauspicken von Bibelstellen. Rosalie unterbrach ihre Freundin, und dass diese Stellen als Beweis herhalten sollen für was auch immer einer sich in den Kopf gesetzt hat. Das nennt sich dann Verheißung.

Es war dunkel, Natali fröstelte, der Wind trieb Blätter zusammen. Die beiden Frauen umarmten sich zum Abschied.

Natali hatte während ihrer Gymnasialzeit die Jungschar geleitet. Ganze Samstagnachmittage verbrachte sie mit den jüngeren Kindern der Gemeinde im Wald, und wenn sie den Nachwuchs nach Hause gebracht hatte, lernte sie bis Mitternacht. Nur einmal arbeitete sie in die erste halbe Stunde des Sonntags hinein und schrieb am darauffolgenden Montag ihre schlechteste Klausur.

Kurz nach dem Abitur hörte sie mit der Jungschar auf. Sie hatte wirklich weniger Zeit, aber vor allem regte sie sich nur noch auf. Tobias hatte durchgesetzt, dass die Mädchen nicht einmal mehr im Wald Jeans tragen durften, weil er gelesen hatte, dieser Stoff enthalte eine Substanz, die es auch in der Antibabypille gebe. Er behauptete, das sei wissenschaftlich, und sagte bei jeder Gelegenheit das ganze Wort, Antibabypille.

Natali war noch müde und holte sich in der Pause einen Kaffee. Die Kursleiterin stellte sich zu ihr, fragte, wo sie unterrichte, und wie viel. Sie traten nach draußen in die Herbstsonne.

Das ist eher ungewöhnlich, meinte die Kursleiterin, als Natali erzählte, dass ihr die Gleichgültigkeit mancher Eltern zu schaffen mache. Meistens klagen Lehrkräfte darüber, dass die Eltern sich ständig einmischen. Sie schaute auf die Uhr, ich muss rein. Sie hielt Natali die Tür auf, mein Name ist übrigens Kristin, wir können uns gern Du sagen.

Zum Schlusslied legte Manuel seinen Arm um Natali und hob die andere Hand zum Himmel. Rosalie stellte sich in den Seitengang und schloss die Augen. Nur Natali sang nicht mit. Manuel drückte sie.

Rosalie stellte den halb vollen Korb auf den Tisch. Heute bin ich spät losgezogen, sagte sie, und hatte zu wenig Zeit, um bei allen Plätzen vorbeizugehen und Frühstück zu verteilen. Nimm, sie bot Natali ein Croissant an.

Hast du dir schon einmal überlegt, damit aufzuhören? Rosalie schaute ihre Freundin an und schüttelte den Kopf, das könnte ich nicht, nach all den Jahren. Und dass dich wieder jemand begleitet, Susanne zum Beispiel? Noch etwas, das die Alleinstehenden machen sollen, antwortete Rosalie und lachte. So habe ich es nicht gemeint, Natali putzte die Krümel von ihren Händen, wirklich nicht.

Suli knallte die Tür hinter sich zu und warf sich auf das Bett ihrer Eltern. Sie schlüpfte unter Natalis Decke und blieb stocksteif liegen. Manuel drehte sich auf die andere Seite und schlief weiter.

Natali zog das Kind an sich, komm höher, da unten kriegst du keine Luft. Suli schlang die Arme um ihre Mutter, das Herz pumperte durch den ganzen Körper.

Was ist los? Natali strich ihr über den Kopf, den schmalen Rücken, die heißen Wangen. Suli zuckte, bevor sie ausstieß, die Büroklammern!

Natali lag stundenlang wach, nachdem das aufgewühlte Kind endlich eingeschlafen war. Sie konnte es nicht fassen. Tobias hatte ihren Kindern genau die gleiche Lektion erteilt wie ihr Sonntagsschullehrer vor über dreißig Jahren.

Mit einem Magnet war er über Büroklammern aus Metall und Plastik gefahren und hatte gesagt, so wird es einmal sein, wenn Jesus wiederkommt. Er nimmt nur diejenigen mit, die wirklich an ihn glauben. Die anderen bleiben auf der Erde zurück, wie die Plastikklammern.

Natali hielt den Rahmen fest und Christof markierte die Eckpunkte, trat einen Schritt zurück, nickte zufrieden. Die Lichter stelle ich ein, wenn es draußen dunkel ist, sagte er, das wird präziser.

Im Café gegenüber tranken sie ein Bier. Weißt du, wer alles zur Eröffnung kommt? Natali schaute Christof an. Warum meinst du, wollte er wissen, aber sie winkte ab, vergiss es.

Ob es nicht ein bisschen früh sei, hatte ihre beste Freundin von der Kunstschule gefragt, als Natali sie zur Hochzeit einlud. Die Freunde aus der Wohngemeinschaft öffneten eine

Flasche Schnaps und füllten Natalis Glas immer wieder, jetzt, wo wir dich endlich so weit haben, dass du nicht mehr in deine Kirche gehst, willst du diesen Hypokriten heiraten.

Nach diesem Abend verabredete sie sich mit Manuel nicht mehr in der Wohngemeinschaft, den neuen Mietvertrag hatten sie da bereits unterschrieben. Manuel zog erst nach der Hochzeit in die gemeinsame Wohnung ein.

Keiner ihrer Freunde war an der Hochzeit dabei gewesen, alle hatten schon andere Pläne für diesen Tag.

Natali ließ sich aufs Sofa fallen, Gott, was für ein Idiot. Manuel stoppte den Film, was sagst du?

Ich habe Tobias angerufen, und ihm fällt nichts Besseres ein, als mir Vorwürfe zu machen. Manuel stand auf, stieg auf einen Stuhl, um die Pflanze auf dem Schrank zu gießen, warum macht er dir Vorwürfe?

Ich sei zu wenig streng, und Gott auch ein strafender Gott. Als müsste Suli für irgendetwas bestraft werden. Dabei konnte sie nicht schlafen wegen seiner dummen Büroklammern. Und sie hat sowieso oft Angst, seit Opa gestorben ist.

Manuel schob den Stuhl wieder an den Tisch, setzte sich zu Natali, schüttete den Rest Nüsse in die Hand und von dort in den Mund, es gibt nun mal schwierige Themen im Leben.

Aber das gehört doch nicht in die Sonntagsschule.

Manuel pickte mit dem Finger die letzten Salzkrumen auf, wahrscheinlich sollten wir Suli besser fragen, was sie auf der Leber hat, wenn ihr diese Büroklammern solche Angst einjagen.

Zum Abschluss ihrer eigenen Sonntagsschulzeit hatte Natali ein Gesangbuch der Gemeinde geschenkt bekommen, mit Goldschnitt und eingraviertem Namen. Gott segne dich mit diesen Liedern, singe sie oft und immer wieder, hatte der Sonntagsschullehrer als Widmung hineingeschrieben. Der unreine Reim störte Natali sehr, aber dass das Gesangbuch den Titel Heils- und Siegeslieder trug, fiel ihr erst ein paar Jahre später wirklich auf.

Natali stand vor den Tonfiguren. Sie hatte mehrere Wochen nicht daran gearbeitet und musste sich erst einmal klar werden, ob sie überhaupt damit weitermachen wollte, und wie. Sie fuhr den Rechner hoch.

In den Mails war eine Nachricht von der Kursleiterin. Sie hatte einen Artikel über gleichgültige Eltern angehängt, er belegt genau das, was du geschildert hast, schrieb sie dazu. Natali bedankte sich bei Kristin und speicherte den Artikel ab, um ihn später zu lesen.

Natali setzte im Lehrerzimmer Teewasser auf. Es brodelte murmelnd, bis sich der Kocher mit einem Klicken ausschaltete.

Sie nahm die Kanne und wollte zurück ins Klassenzimmer, sie musste einen ganzen Stapel Hefte korrigieren. Auf dem Korridor kam ihr eine jüngere Kollegin entgegen, bist du noch am Arbeiten? Natali seufzte, ja. Die Kollegin stellte ihre Tasche ab, war die Klasse anstrengend? Eigentlich nicht, aber Suli schläft so schlecht in den letzten Wochen.

Ist sie krank? Nein, Natali zögerte, aber sie hat oft Albträume, seit ihr Opa gestorben ist. Das hatte ich auch als Kind, bis mir meine Mutter einen Traumfänger übers Bett hängte, das half.

Natali stellte die Kanne ab, nahm die Hefte, den Stift, sie begann zu arbeiten und kam zügig voran. Als sie fertig war, war der Tee bitter. Sie schüttete ihn weg.

Manuel trug die Kiste mit den Pflanzen, Natali holte die Gartenwerkzeuge beim Brunnen und die Mädchen liefen zu den Schafen. Suli versuchte, ein Lamm zu streicheln, aber sie fürchtete sich vor dem Maschenzaun.

Manuels Mutter stand am Grab, steht der Stein nicht etwas schief? Manuel prüfte von Hand nach, ich glaube nicht. Das ging rassig, gestern, sie seufzte, ist es nicht seltsam, dass für so einen Stein ein Betonfundament gegossen wird, wenn man das Grab schon in wenigen Jahren wieder aufhebt. Manuel legte seiner Mutter den Arm um die Schulter.

Natali hatte den Schulranzen in die Ecke geworfen und war in die Küche gegangen, wie immer. Dann ins Wohnzimmer. Die Schlafzimmertür ihrer Eltern stand offen. Das Schuhgestell im Korridor war aufgeräumt, die Jacken hingen in der Garderobe, in den Schränken herrschte Ordnung. Es lagen keine Kleiderhäufchen in der Wohnung herum, auch nicht im Bad, und Natali setzte sich mit hämmerndem Herzen aufs Sofa. Sie beruhigte sich erst, als ihre Mutter vom

Einkaufen nach Hause kam. Ganz sicher konnte sie nicht sein, dass die Menschen ihre Kleider wirklich fallen ließen, wenn sie geholt wurden.

Christof betrachtete die kleinen Figuren, nahm eine in die Hand. Arbeite einfach weiter, riet er, irgendwann kommst du von selbst darauf, was du damit machen kannst.

Mal sehen. Natali griff nach dem Feuerzeug, die kleine Flamme tastete sich am trockenen Tabakpapier entlang. Ich könnte auch meine Kinder in Originalgröße modellieren, sagte sie. Christof hob nur die Brauen.

Natali schaute in die Klasse. Es war ruhig, die meisten Kinder waren fertig mit der Aufgabe und hatten sich ein Buch geholt. Einige waren am Zeichnen. Sie setzte sich ans Pult, sie wollte die Kinder nicht stören.

Der Kellner stellte zwei Tassen heiße Schokolade vor die beiden Frauen. Rosalie zog ihre Tasche hervor und nahm den Pullover heraus, den sie gekauft hatte. Er ist wirklich schön, sagte Natali, die Farbe steht dir gut.

Warum wollte Suli eigentlich nicht mehr in die Sonntagsschule, fragte Rosalie, sie ging doch immer so gerne. Ach, Natali rührte heftig in ihrem Getränk, Tobias hat mich schon zweimal auf meinen Anruf angesprochen.

Ich finde die Idee mit den Magneten auch nicht gerade toll, lenkte Rosalie ein, aber ich verstehe schon, dass es Tobias ärgert, wenn sich jemand beschwert. Er macht die ganze Arbeit mit der Sonntagsschule freiwillig.

Natali saß am Rechner. Parusie, das war der Begriff für die Wiederkunft von Jesus. Sie hätte Kristin gern dazu ausgefragt, aber vor allem wollte sie wissen, was sie davon hielt, dass der Sonntagsschullehrer ihrer Kinder diese Magnete mitgebracht hatte.

Natali rieb sich die Stirn, das klang alles seltsam. Sie löschte die Mail an Kristin, löschte ihre Recherche, und löschte alle Spuren, die ihre Suchanfragen hinterlassen hatten.

Manuel modellierte Froschaugen aus Butter, schnitt die Brötchen auf, legte eine Gurkenscheibe als Zunge hinein und quakte laut, als Suli ins Brötchen biss. Sie lachte und schleckte die Butteraugen schnell weg, so kann er mich nicht mehr angucken.

Natali trank ihren Kaffee und fragte die Kinder, wisst ihr schon, was ihr euch zu Weihnachten wünscht? Abi kletterte auf ihre Knie, ich möchte am liebsten, dass der Opa wieder da ist, sagte sie, und Suli rief, das will ich auch, und ich will auch die andere Oma und den anderen Opa zurück. Natali hielt ihr Kind fest im Arm, sie spürte Manuels Blick, schaute aber nicht auf.

Natali brachte die Mädchen ins untere Geschoss. Alle Kinder saßen schon im Kreis, ein größeres Mädchen klopfte auf die beiden frei gehaltenen Plätze neben sich. Tobias schloss die Tür.

Manuel stand vorne im Saal und justierte die Mikrofone. Natali setzte sich in die vorderste Reihe. Sie drehte sich um, Susanne hatte ihr die Hand auf die Schulter gelegt. Ich wollte dich schon lange fragen, ob du den Flyer für die nächste Reise nach Israel gestalten könntest? Sie zog die Hand zurück, denk doch darüber nach, ich frage dich nach dem Gottesdienst nochmals.

Natali drehte ihre Tasse in den Händen, der dickflüssige Zuckerrest kroch träge die Innenwand entlang. Weißt du, sagte Christof, nachdem er ihr zugehört hatte, alle zweifeln an ihrer Arbeit, das gehört dazu. Vielleicht ist es sogar das Wichtigste.

Sie blickte auf, wenn ich nicht so unsicher wäre mit meiner Arbeit, würde es mich wohl weniger ärgern, einen Flyer für die Kirche zu gestalten. Natali tunkte ihren Finger in den Zucker und leckte ihn ab, Manuel findet, ich solle aufhören zu unterrichten und nur noch Kunst machen.

Du musst nicht traurig sein, Oma, der Opa war schon sehr alt. Suli saß auf den Knien ihrer Großmutter und strich ihr über die weißen Haare.

Der Opa war jünger als ich, die Großmutter musste doch wieder lächeln. Ich vermisse ihn einfach, da tut es mir gut, ein bisschen traurig zu sein.

Alle anderen schliefen noch. Natali saß in der Küche, trank ihren Kaffee, wusste sich nicht zu beschäftigen. Den Weihnachtsbaum konnte sie noch nicht wieder abbauen. Sie holte den Rechner hervor.

Viele Nachrichten waren nicht im Postfach. Kristin hatte geschrieben. Keine dieser Rundmails zum Jahresende, sie schrieb von ihrer Beratungsarbeit in einer Klinik, und zum Schluss, dass sie sich über ein Wiedersehen freuen würde. Natali nahm sich vor, persönlich zu antworten.

Rosalie bestellte sich ein großes Stück Schokoladentorte, ich brauche das jetzt. Natali trank Weißwein, hörte zu, stellte nur wenige Fragen. Aber es sah doch alles so gut aus?

Rosalie liefen Tränen über die Wangen. Er hat sich keinen Moment Zeit genommen, um nachzudenken, sondern alles sofort eingepackt, sogar die Pralinen, die er mitgebracht hatte. Er wolle keinen angebissenen Apfel.

Natali ging zu Fuß nach Hause. Rosalie hatte diesen Mann in den letzten Wochen häufig erwähnt, und am letzten Sonntag hatte er sie zum ersten Mal in den Gottesdienst begleitet.

Natali war kurz vor ihrer Konfirmation gestanden, als ihre Sonntagsschullehrerin schwanger geworden war. Sie musste sich vor versammelter Gemeinde dazu bekennen, weil sie mit dem Vater des Kindes nicht verheiratet war. Er hatte eine neue Affäre, mit einer anderen Frau aus der Kirche, die Sopran sang und zuvorderst im Chor saß.

Natali verpackte die Tonfiguren, stellte sie in die Ecke und öffnete den Rechner. Sie musste nicht lange nach einem passenden Bildhauerkurs suchen, meldete sich an und trug die Daten im Familienkalender als verbindlich ein.

Dann öffnete sie die Mailbox, speicherte die Kursbestätigung ab, prüfte ihre Agenda und schlug Kristin mehrere Termine vor.

Die Direktorin schritt durch den Korridor und betrat das Teamzimmer. Ich höre gar nichts mehr von eurer Klasse, es scheint, dass die Weiterbildung bereits gewirkt hat? Ja, Natali suchte den Blick ihrer Vorgesetzten, mir kommt es auch so vor.

Susanne reichte Natali einen Flyer, er ist richtig schön geworden. Sie wandte sich an Manuel, eigentlich könntet ihr auch mitkommen.

Manuel las den Flyer durch. Warum nicht, er schaute zu Natali, du wolltest schon immer einmal nach Israel, und meine Mutter könnte auch gleich mitfahren.

Ich war schon sehr lange nicht mehr im Kino, vielleicht hat mir der Film deswegen nicht gefallen, Natali zündete sich eine Zigarette an. Willst du eine? Kristin schüttelte den Kopf. Ich gehe oft ins Kino, sagte sie, aber diesen Film fand ich auch langweilig.

Natali trat ihre Zigarette aus, vielleicht haben wir zu viel erwartet, weil er so gut besprochen worden war.

Natali löste ihre Schnürsenkel, als das Telefon klingelte. Sulis Kindergärtnerin sprach vorsichtig, sie würde gerne mit ihr reden, Suli und Massimo seien doch gute Freunde.

Natali ließ sich auf das Sofa fallen. Sie konnte es nicht fassen. Suli hatte Massimo gesagt, dass er in die Hölle kommt, weil er nicht an Gott glaubt, und seine Mutter auch.

Meist war es bereits dunkel gewesen, wenn die Zeugen Jehovas geklingelt hatten. Natalis Mutter ließ diese Leute nie über die Schwelle treten. Danach freute sie sich jedes Mal über ihre Verschlagenheit, weil sie die hausierenden Zeugen ihrer eigenen Denkfehler überführt hatte, die behaupteten, zu wissen, wie viele Menschen im Himmel Platz hatten. Natalis Mutter kannte die genaue Anzahl der lebenden Mitglieder, sie war höher als das Platzangebot im Himmel.

Den hast du aber nicht im Ernst gestaltet? Christof drehte den Flyer in seinen Händen. Natali konnte nur lachen, Susanne hat ihn nachträglich umgestaltet. Es ist verrückt, sie kann einen fertigen Flyer verändern, aber machen will sie ihn nicht. Christof betrachtete diesen dünnen Karton, holy shit, er lachte laut auf, galilee worship.

Die Kursleiterin legte die Werkzeuge aus und gab einen ersten Überblick zu den Möglichkeiten der kommenden Wochen. An der Innenseite des kleinen Fingers hatte sie einen Buckel, und als Natali den Meißel in die Hand nahm, wurde ihr klar, woher diese Hornhaut kam.

Gemeinsam mit einer Teilnehmerin ging sie zu Fuß nach Hause. Mir ist dieses Material zu hart, und zu kalt, erklärte die Frau, ich möchte nur ein Vogelbad aushauen, das ich in den Garten setzen kann.

Hast du die Gemeindemail gesehen? Manuel trug seinen Rechner zu Natali. Sie öffnete ihre Nachrichten auf dem Telefon, schaute im Spamordner nach, ich habe nichts erhalten, warum meinst du?

Du bist definitiv für die Predigt eingeteilt, er leitete ihr die Nachricht weiter. Was ist das denn? Natali hielt sich den kleinen Bildschirm nah vors Gesicht, mich hat nie jemand gefragt.

Der Pfarrer wollte vor ein paar Wochen wissen, ob wir dann noch hier sind, oder bereits in den Ferien. Manuel klappte seinen Rechner zu.

Jeden Sonntag nach der Sonntagsschule hatten sie eine Münze eingeworfen. Ein dunkelhäutiger Junge kniete auf dem Sockel und nickte heftig, egal, wie groß das Geldstück war, das man in den Schlitz in seinem Nacken schob.

Natali suchte im Netz danach. Sie schloss die Seite sofort, als sie begriff, dass diese Sparkassen wieder hergestellt wurden.

Abi kletterte auf Natalis Knie. Mama, ich möchte Schlagzeug spielen lernen, sagte sie und zeigte ihrer Mutter den Prospekt der Musikschule. Natali schaute ihr Kind an, wie kommst du gerade darauf? Wegen Youtube, sagte Abi und holte das Tablet im Wohnzimmer.

Ich habe als Kind nicht einmal gewusst, dass es ein Instrument wie das Schlagzeug gibt, erzählte Natali ihrer Tochter. Aber damals gab es auch noch keine Computer. Abi stoppte den Film, wie bist du denn ins Internet gegangen, wenn es keinen Computer gab?

Natali hatte sich stundenlang die immer gleichen Geschichten auf Kassetten angehört, Noah in seiner Arche, David und Goliath. Nur Heidi stammte nicht aus der Bibel.

Sie wollte alles wissen und zog das braune Band einer Kassette heraus, bis ein einziger Wirrwarr auf dem Teppich lag. Mit einem Bleistift wickelte sie das verdrehte Band wieder hinein, aber dort, wo es geknickt war, waren die Stimmen verzerrt.

Eine Schulfreundin schenkte ihr die Geschichte von der kleinen Hexe. Als sie die Kassette zum zweiten Mal anhören wollte, klangen Sonntagsschullieder aus dem Abspielgerät. Sie wendete die Kassette um, hörte die ganze Seite A und danach die ganze Seite B aufmerksam durch, aber die kleine Hexe blieb verschwunden. Sie bekam es mit der Angst zu tun, dass hier eine wirkliche, richtige Hexe ihr Unwesen trieb, und begriff erst Jahre später, dass ihre Eltern die Kassette bloß überspielt hatten.

Man kann sowieso erst in der dritten Klasse mit Schlagzeug beginnen, Manuel schob den Prospekt über den Tisch. Aber Mama hat gesagt, sie fragt in der Musikschule, ob sie eine Ausnahme machen. Abi schaute zu ihrer Mutter, dann zu ihrem Vater.

Wenn wir in der Kirche kein Schlagzeug spielen, spielen wir es auch zu Hause nicht. Und zu Natali sagte Manuel, du solltest jeweils mit mir reden, bevor du den Kindern etwas versprichst. Abi blickte nur kurz noch einmal ihre Mutter an.

Die drei Jugendlichen standen vorne, sie freuten sich, sie hatten das Theaterstück zu ihrer Konfirmation selbst geschrieben. Die Gemeinde applaudierte. Der Pfarrer stand auf, zu so einer Gelegenheit darf auch einmal geklatscht werden, sagte er und warf Manuel einen Blick zu.

Nach dem Gottesdienst kam Susanne auf Natali zu, ihr kommt doch mit zum Grillen, heute Mittag? Davon wusste ich nichts, wir haben nichts dabei. Susanne musterte Natalis Gesicht, du bist auch nicht im Chat, sagte sie. Schade.

Natali trug Suli auf den Schultern und wandte sich zu Manuel, wusstest du vom gemeinsamen Grillen? Ja, aber ich hatte es wieder vergessen, und ich hatte auch keine Lust darauf. Natali blieb stehen.

Suli zappelte mit den Füßen, und als Natali weiterging, legte sie ihr die Hände auf die Augen. So sehe ich nichts. Natali steuerte auf eine Mauer zu, und je näher sie der Wand kamen, desto fester presste Suli ihre Füße gegen Natalis Brust, spannte ihren kleinen Körper an, freute sich, wie immer, über jeden Schabernack.

Suli ging zur Tür, öffnete sie und guckte schüchtern zum Gast hinauf. Kristin trat ein, zog die Schuhe aus und stellte eine Weinflasche auf den Küchentisch.

Die Kinder kicherten über die Kuh Rosmarie, die ist so bossy, dass die anderen Kühe sie wegschicken! Kristin lachte laut mit.

Nach dem Essen blieben die beiden Frauen sitzen, Natali goss Wein nach. Manuel machte den Abwasch, hörte zu, warf hie und da etwas ein, bis er seine Hände voller Schaum aus dem Wasser zog und zu Natali sagte, frag doch einfach, wegen der Predigt.

Suli kam auf einem Fuß in die Küche gehüpft. Sie hielt ein Blatt in der Hand und schob es über den Tisch zu Kristin. Eine rote Linie führte zu einer seitenverkehrten Drei.

Sie kann ihren Anfangsbuchstaben noch nicht richtig schreiben, sagte Natali, aber das ist ziemlich sicher eine Einladung. Kristin studierte den Lageplan, stand auf und folgte der Wegleitung durch die Wohnung.

Manuel hat diese Person das erste Mal gesehen und einfach gefragt, ob sie dir bei der Predigt hilft? Christof schaute ungläubig, wolltest du sie das nicht selbst fragen?

Natali kratzte sich am Hals. Ich hatte ihr noch nicht einmal erzählt, dass wir überhaupt in dieser Kirche sind. Christof setzte sich. Er sagte nichts, schüttelte nur den Kopf, als Natali sagte, ich glaube, die meldet sich nie mehr bei mir.

Natali füllte das Formular aus, schrieb Abigails vollen Namen hinein, das Geburtsdatum, die Klasse, und setzte ein Kreuz bei Klavier.

Sie schob Abi den Zettel hin. Das Mädchen schaute auf, las die Druckbuchstaben, dann fegte sie ihre Buntstifte vom Tisch, wischte mit der Hand die Abspitzsternchen auf den Boden. Natali stand auf und nahm eine Schokolade aus dem Schrank. Abi wickelte sie aus, aß ein Stück und verdrückte sich in ihr Zimmer.

Natali seufzte, nahm den Handbesen und wischte den Spitzabfall zusammen. Suli stand vor ihr, Mama, kann ich auch eine ganze Schokolade haben?

Natali schloss die Schulzimmertür. Sie war früh dran, sie hatte alles erledigt, und die Tische der Kinder waren sauber aufgeräumt. Auch in der Garderobe sah es ordentlich aus. Sie ging die Treppe hinunter, ins Teamzimmer, ihr Fach war leer, und der halbe Nachmittag lag vor ihr.

Als Kind hatte Natali den ganzen Schrank im Klassenzimmer leergelesen. Der Lehrer besorgte immer wieder neue Bücher, die sie stapelweise mit nach Hause nahm und verschlang, aber viel lieber hätte sie Radio gehört und ferngeschaut. Sie dachte, dass nur seltsame Kinder gern lesen.

Natali startete den Film, den Christof ihr empfohlen hatte. Ein Kind sagte in die Kamera, es wünsche sich manchmal, dass seine Schulkameraden eine Weile in so einer Gemeinschaft leben sollten, wie es lebt, dann könnten sie es besser verstehen. Und vielleicht lieber haben.

Natali hielt den Film an, atmete tief durch, dann stoppte sie ihn ganz. Sie öffnete das Postfach, Kristin hatte geschrieben. Dass sie gerne mit ihr zusammen die Predigt halten würde. Und dass sie nicht gewusst habe, dass Natali in einer Freikirche sei. Es kommt mir vor, schrieb sie, als hätte mir bislang ein Stück von Dir gefehlt.

Wir sollten uns nochmals über die Sommerferien unterhalten. Natali setzte sich zu Manuel auf den Balkon, ich möchte wirklich nicht mit der Gemeinde nach Israel. Manuel zog seine Socken aus, darüber müssen wir auch mit meiner Mutter sprechen. Er nahm sein Telefon, schau mal, sagte er und öffnete eine Seite, dieses Häuschen habe ich schon im Winter entdeckt. Es gab Frühbucherrabatt, da habe ich zugegriffen.

Natali scrollte durch die Seite, schaute sich die Bilder an und gab Manuel das Gerät zurück. Gefällt es dir nicht? Doch, aber besprechen wir so etwas nicht gemeinsam?

Lass uns zu den Leoparden gehen, Abi zog die Großmutter an der Hand. Nicht so schnell, die alte Frau kam ganz außer Atem. Suli saß auf Natalis Schultern, sie wollte getragen werden. Sie setzten sich auf eine überdachte Bank. Natali holte Kaffee, Abi balancierte das Tablett mit den Kuchen zum Tisch.

Die Kinder aßen rasch und rannten zum Spielplatz. Natali blies auf ihren Kaffee. Ich wollte noch über den Urlaub in Israel sprechen, begann sie. Davon weiß ich nichts, wunderte sich die Schwiegermutter, ich habe Manuel nie versprochen, dass ich mit euch nach Israel fahre. Ich habe schon im Winter eine Reise mit meinen Freundinnen gebucht.

Es gibt so viele Tiere im Zoo, Suli machte eine große Armbewegung, viel mehr als in der Arche Noah! Manuel lachte, alle Tiere waren in der Arche Noah, sonst hätten sie die Sintflut nicht überlebt. Wie haben die in einem einzigen Schiff Platz gehabt? Abi schaute zu ihrem Vater. Es waren immer zwei und zwei, von jedem Tier ein Männchen und ein Weibchen.

Wir könnten über die Arche sprechen, oder darüber, dass Noah einen Fluch über seinen Enkel Kanaan gesprochen hat, bloß, weil der ihn nackt gesehen hat. Kristin schaute zu Natali. Die nahm den Faden auf, oder über jene hochberühmten Helden der Vorzeit, die in der Bibel direkt vor der Sintflut erwähnt werden. Über die spricht nie jemand, dabei sollen sie von den Gottessöhnen gezeugt worden sein, die die Töchter der Menschen so schön fanden.

Kristin musste lachen, wurde aber gleich wieder ernst, erst kürzlich habe ich diese Stelle gesucht, in manchen Übersetzungen gibt es sie tatsächlich nicht.

Natali schlug ins Leere, die Mücke sirrte weiter. Manuel hob den Kopf, kannst du nicht schlafen? Es ist heiß, seufzte sie, und ich bin hellwach, weil wir so lange an der Predigt gearbeitet haben.

Natali legte sich auf den Rücken, atmete tief ein, und dann fragte sie, denkst du, es könnte in der Gemeinde ein Problem sein, dass Kristin lesbisch ist?

Kristin ist eine Lesbierin? Irgendwie erstaunt mich das nicht, sagte Manuel und schlug jetzt auch nach der Mücke.

Kurz vor den Sommerferien hatte einer von Natalis Klassenkameraden Kuchen in die Schule mitgebracht und allen Kindern einen Abschiedsbrief geschrieben. Er war aufgeregt, sie würden alle zusammen von einem Ufo abgeholt werden, erzählte er. Der Lehrer schickte die Kinder eine halbe Stunde vor dem Klingeln nach Hause.

Zwei Tage später saß der Junge wieder an seinem Platz und sagte kein Wort. Natali war froh, dass für eine Weile ein anderes Kind seltsamer war als sie.

Wenn mir das klar gewesen wäre, hätte ich mich nicht für diese Reise angemeldet. Rosalie war enttäuscht, Susanne hat mir gesagt, dass ihr alle mitfahrt, auch Manuels Mutter. Es tut mir leid, sagte Natali, aber Rosalie wischte die Worte weg. Schon gut, ich fahre ja sonst auch alleine in den Urlaub.

Natali wusch alle Tassen aus und schrubbte den Boden. Ich komme erst nach den Sommerferien wieder hierher, sagte sie zu Christof. Er stand von seinem Arbeitsplatz auf, erhol dich ein wenig.

Natali hielt sich am Stiel des Schrubbers fest, sie schluckte hörbar. Christof nahm ihr den Schrubber ab, stellte ihn in die Ecke und schob ihr einen Stuhl hin. Ich habe jemanden kennengelernt, gestand er, und manchmal sagt sie Dinge, da sieht die Welt von einem Moment zum anderen verwandelt aus.

Er schaute Natali an, fragte aber nichts, sagte nur irgendwann, ich stelle dir Marine bei Gelegenheit vor.

Natali stand zwischen Koffern und Taschen, als es klingelte. Rosalie kam die Treppe hoch, ich dachte, ich komme kurz vorbei. Sie zog die Schuhe aus, ich wollte fragen, ob du mich am Sonntagmorgen auf der Straße vertreten würdest, wenn ich in Israel bin. Es ist immer noch die gleiche Strecke.

Sie setzten sich auf den Balkon. Was würdest du tun, wenn Tobias nochmals fragt? Natali wollte es ehrlich wissen. Rosalie dachte nach, dann winkte sie ab, so blöd ist er auch nicht, dass er mich ein viertes Mal fragt, ob ich ihn heiraten will.

Suli zog an Natalis Hand. Erst da sah sie die kleine Schildkröte unter ihnen, die mit der Strömung spielte, auftauchte und wieder in die Tiefe paddelte. Natali hob den Kopf aus dem Wasser und schwamm zu Abi. Zu dritt beobachteten sie das kleine Tier, hielten sich an den Händen, schaukelten auf den Wellen.

Als sie sich am Strand auf die Tücher fallen ließen, hatten sie tiefe Abdrücke von den Taucherbrillen im Gesicht.

Vom Nachbarhaus stieg ein Mann herauf. Er deutete auf das Umland und zog eine Wurzel aus seiner Westentasche, bis Natali verstand, dass Wildschweine hier gewesen waren, im Garten gewühlt hatten und sie sich in Acht nehmen, nachts nichts draußen liegen lassen sollten.

Der Regen kam plötzlich. Manuel suchte in den Schränken nach Tüchern, um die Veranda abzudichten.

Danach war alles wieder beim Alten, nur nass, und Abi entdeckte als Erste Sulis Höschen, das weiter unten im Gestrüpp hängen geblieben war.

Es hätte mich nicht erstaunt, wenn es uns den Hang hinabgeschwemmt hätte, sagte Manuel, das war eine regelrechte Sintflut. Er stellte sich vor das Haus, an die Sonne, und dann rief er nach seiner Familie, jetzt ist der Regenbogen da!

Natali schaute den dreien von der Veranda aus hinterher. Mit Sack und Pack hatten sie sich an den Strand aufgemacht. Sie kochte sich einen weiteren Kaffee, nahm eine Schmerztablette, ein wenig übel war ihr auch, sie hatte am Vortag zu lange geschnorchelt. Den Kindern hatte die Sonne scheinbar nichts ausgemacht.

Sie setzte sich in den Schaukelstuhl, tippte mit dem Fuß immer wieder den Boden an, schaute hinaus, über die Böschung, den Abhang, hinunter auf das Meer, zum Himmel, der sich darüberspannte.

Schließlich stand sie auf. Sie holte Bleistift und Papier, verlor sich in den Zeilen. Am Ende war es ein langer Brief geworden. Kristin würde das nicht lesen wollen, und auch nicht wissen wollen. Natali schaute sich um und legte die Blätter ins Zwischenfach ihres Koffers, hier konnte sie sie nicht entsorgen. Das müsste sie in der Schule tun.

Natali horcht auf. Der Wind trägt Stimmen den Hain hinan, sie tritt in die offene Tür. Suli sitzt auf Manuels Schultern, ihr Rucksack hängt schief, sie wankt gefährlich, als würde sie gerade einschlafen. Abi hält tapfer Schritt in ihren Sandalen.

Israel

Der Pfarrer stand im Korridor und hielt sich links und rechts an den Nackenstützen zweier Sitze fest. Er wartete, bis alle ihren Platz gefunden und das Gepäck in der Ablage verstaut hatten. Die Gemeinde war fast vollständig, nur einige wenige konnten an der Reise nicht teilnehmen, weil sie arbeiten mussten, betagt waren oder weil sie bereits andere Pläne gehabt hatten.

Ein gutes Drittel des Fliegers hatten sie belegt, und es herrschte ausgelassene Stimmung. Seit dem Check-in wurde viel gelacht, und als er seine Arme zum Segen erhob, dauerte es einen Moment, bis es ruhig wurde und die Gemeindemitglieder ihre Köpfe neigten.

Amen, sprach der Pfarrer, und die Gemeinde summte das Echo, als sich hinter ihm die Flugbegleiterin räusperte. Die Maschine rollte bereits auf die Startbahn, und die Stewardess musste sich beeilen, um die Sicherheitsanweisungen noch vor dem Start zu demonstrieren.

Tobias glich die Nummer auf seinem Schlüssel mit jener an der Tür ab und schloss auf. Bevor er eintrat, warf er einen Blick zur Seite. Susanne und Rosalie belegten ein gemeinsames Zimmer zwei Türen weiter.

In seinem Zimmer stand ein großes Doppelbett. Er zog die Schuhe aus und legte sich auf die eine Seite. Es waren keine anderen alleinstehenden Männer mitgefahren, in ihrer Gemeinde war er der einzige, nebst den ganz jungen Männern, natürlich.

Tobias blickte auf das Telefon. In einer Stunde traf man sich wieder. Er öffnete seinen Koffer, räumte die Kleider ins Regal und stellte den Rasierapparat ins Bad. Dann fiel ihm das Buch in die Hand. Er blätterte darin, schloss es wieder und legte es unter den Kleiderstapel.

Während das Personal das Buffet abtrug, schaltete der Pfarrer das Mikrofon ein und wies die Männer an, wie der Speisesaal in einen Andachtsraum umzufunktionieren sei. Die Gemeinde hatte das Hotel ganz für sich.

Susanne teilte die kopierten Liederhefte aus. Der Pfarrer suchte mit der Stimmgabel nach dem Ton, und bald fiel die Gemeinde in den Lobpreis ein. Tobias stand am Rand, in der dritten Reihe, er sah, wie Rosalie die Augen schloss, wie sie sich wiegte im Gesang. Er musste schlucken. Dann konzentrierte er sich auf sein Liederheft, Susanne hatte wirklich eine schöne Auswahl getroffen.

Für heute, erklärte der Pfarrer, gebe es nur Organisatorisches, und pinnte die Liste an die mitgebrachte Korktafel, worin man eintragen konnte, wann man die Abendandacht leiten wollte. Die Gedanken seien frei, sagte er, wie auch das gesamte Programm freiwillig sei. Die Familien sollten die Kinderbetreuung nutzen, und er nickte Tobias zu, es werde ein abwechslungsreiches Programm für fast jeden Tag zusammengestellt. Gerade die Ehepaare sollten auch genießen, dass sie nur an zwei Abenden auf ihren Nachwuchs aufpassen müssen, für alle anderen Abende habe sich Rosalie anerboten, mit den Kindern zu spielen.

Wirklich, rief ein Mädchen. Es sprang auf, rannte zu Rosalie und umarmte sie, und die anderen Kinder taten es ihr nach, bis sie ganz umringt war, bis der Pfarrer lauter ins Mikrofon sprach und den Tag mit einem Gebet beschloss.

Es war noch früh, als sie den gemieteten Reisebus bestiegen. Das mitgebrachte Mikrofon war schlecht eingestellt, ein unangenehm lautes Kratzen pfiff aus den mobilen Boxen. Der Pfarrer schaltete es aus und schraubte seine Stimme hoch. Die Gemeinde horchte aufmerksam, wie er erläuterte, dass die längste Busreise gleich am ersten Tag auf dem Programm stehe, Bethlehem und Nazareth kämen später.

Als sie an der ägyptischen Grenze Halt machten, erinnerte der Pfarrer an die vierzig Jahre, die das Volk Israel nach dem Auszug aus Ägypten in der Wüste verbracht hatte. Er schilderte, wie sie angefangen hatten zu murren, weil ihnen das Manna verleidet war, und wie sie um das Goldene Kalb tanzten, während Moses auf dem heiligen Berg die zehn Gebote entgegennahm. Aus Wut über sein Volk, hier hielt der Pfarrer kurz inne, habe Moses die Tontafeln zerschlagen und daraufhin ein zweites Mal auf den Berg steigen müssen.

Rosalie meldete sich zu Wort, Mathematiker hätten berechnet, dass die Israeliten fünf Meter pro Tag vorangekommen wären, wenn sie für diese Strecke wirklich vierzig Jahre gebraucht hätten. Interessant, murmelte Charlottes Mann, der direkt vor Tobias stand, und Tobias lachte auf. Der Pfarrer blickte irritiert zu ihm hin, dann zu Rosalie, und setzte seine Betrachtungen fort.

Tobias wachte auf. Er schaute auf sein Telefon, stand auf, stürzte sich in die Hose, zog das Shirt über, er hatte vergessen, den Wecker zu stellen.

Am Buffet war das meiste bereits weg. Rosalie nahm sich vom Hummus und reichte Tobias den Löffel, er solle auch davon probieren, das Mus sei außerordentlich lecker.

Rasch trank er seinen Kaffee, putzte mit dem dünnen Brot den Teller und brachte sein Geschirr in die Küche. Der Saal war schon beinahe fertig umgebaut, als er die Kinder zusammentrommelte. Er wollte heute mit ihnen eine kleine Abendunterhaltung einstudieren.

Die Gemeinde klatschte, und der Pfarrer klopfte Tobias auf die Schulter, sagte etwas zu ihm, das niemand sonst verstand, und lachte. Dann nahm er das Mikrofon, das sei also die heutige Abendandacht gewesen und für die Kinder sei es nun Zeit, schlafen zu gehen. Wir dürfen gar nicht mehr mit Rosalie spielen?, fragte das eine Mädchen und brach auch schon in Tränen aus. Die Mütter tauschten Blicke, bis eine meinte, eine Viertelstunde könne man schon noch anhängen, und Rosalie mit den Kindern in die Lobby hinüberschickte.

Als der Raum wieder als Speisesaal eingerichtet war, setzte sich Charlotte zu Tobias an den Tisch, die Kinder sind wirklich allerliebst. Ja, bekräftigte Tobias, und da setzte sich auch Charlottes Mann dazu. Täusche ich mich, fragte er, oder wissen die Kinder tatsächlich immer weniger über die Bibel. Tobias wägte ab, dann gab er zu, im Allgemeinen könne man das wahrscheinlich schon so sagen.

Erst vor Kurzem, begann er zu erzählen, habe ihm Natalis größere Tochter von einem alten Buch erzählt, worin fünf Raumfahrer zum Mars wollten, um herauszufinden, an welchen Gott die Marsmenschen glaubten. Die Astronauten hätten herausgefunden, dass die Marsmenschen an den gleichen Gott wie die Menschen glaubten. Nach dreitausend

Tagen seien sie wieder auf der Erde gelandet, ihre Haare hätten nach Blumen geduftet und sie hätten geglaubt, sie wären nur hundert Stunden unterwegs gewesen.

Das ist ja eine bezaubernde Geschichte, meinte Charlotte, aber ihr Mann warf ein, es gibt doch so viele biblische Geschichten. So sehe ich das auch, pflichtete ihm Tobias bei. Er habe das Kind vor allem deswegen zurechtgewiesen, weil es gesagt hatte, dass Jesus eigentlich der erste Astronaut gewesen sei. Charlotte schwieg betroffen.

Es war heiß, immer wieder donnerte ein Jagdflieger durch die Luft und zerriss den Himmel. Aber niemand wollte sich dadurch von den wundersamen Figurationen ablenken lassen, die das Salz über die Zeit gebildet hatte.

Die älteren Gemeindemitglieder setzten sich in den Schatten des Cafés, aber die meisten Familien und vor allem die Kinder ließen es sich nicht nehmen, in den Wellen des Toten Meeres zu schaukeln. Tobias setzte sich zum Pfarrer, dessen Frau mit Rosalie zusammen die Umkleidekabine aufsuchte.

Die Frauen stiegen vorsichtig ins Wasser, der Untergrund musste glitschig sein, immer wieder verloren sie beinahe das Gleichgewicht. Rosalie machte vorsichtig Schritt um Schritt, dann wandte sie sich um, kurz nur, bevor sie in die Knie ging und sich rücklings auf das Wasser legte. Sie hatte die Sonnenbrille auf und breitete die Arme aus, die Beine, leicht lag sie auf diesem Wasser. Tobias schaute weg. Es war verrückt, es gab Frauen, die hier in knappen Bikinis badeten, manche sogar ganz oben ohne.

Es war ruhig auf der Rückfahrt, die meisten waren müde, vom Baden und von der Sonne, vor allem die Kinder. Tobias hatte sich einen Fensterplatz gesichert, und Charlottes Mann hatte sich neben ihn gesetzt und war rasch eingeschlafen. Seine Frau hatte mit Rosalie direkt hinter ihnen Platz genommen.

Tobias holte seine Kopfhörer aus dem Rucksack. Er suchte nach einem interessanten Podcast, um sich abzulenken, er wollte die beiden Frauen nicht belauschen. Aber Charlotte fragte Rosalie rundheraus, ob es wirklich niemanden gebe in ihrem Leben. Sie fühlte ihr regelrecht auf den Zahn, wer denn der junge Mann gewesen sei, den sie vor Kurzem dabeigehabt habe. Tobias schloss die Augen, aber Rosalie redete so leise, dass er sie nicht verstand, und da startete er den Podcast. Charlotte verstand er trotzdem deutlich, wenn sie keine Kinder habe, erklärte sie Rosalie, würde sie auch nie Enkelkinder haben.

Tobias pausierte den Podcast, und jetzt verstand er jedes Wort von Rosalie. Es mache keinen Sinn, irgendeinen Mann zu heiraten, nur damit man einen Mann habe, es gehe schließlich um die wichtigste Entscheidung im ganzen Leben. Da gab ihr Charlotte recht und gab Ruhe, und Tobias schaltete seinen Podcast wieder ein. Leichter fühlte er sich zwar, aber konzentrieren konnte er sich nicht.

Als die Gemeinde den Ölberg bestieg, herrschte eine andächtige Stimmung, die höhere Zusammengehörigkeit war beinahe greifbar. Tobias hatte sich schon den ganzen Vormittag in der Nähe des Pfarrers aufgehalten, aber erst auf dem Weg vom Berg hinunter gelang es ihm, ihn in ein Gespräch zu verwickeln. Da wurde dem Pfarrer rasch klar, dass es um etwas Ernstes ging, und die beiden ließen sich hinter die anderen zurückfallen.

Tobias nahm allen Mut zusammen, fasste sich kurz.

Er habe schon bemerkt, staunte der Pfarrer, dass da etwas im Busch sei, aber er hätte nicht gedacht, dass sich Tobias schon so ins Zeug gelegt habe. Den brennenden Dornbusch erwähnte er und lachte, nicht unpassend, dieses Bild.

Rosalie sei auf jeden Fall eine Frau, die wisse, was sie wolle, meinte der Pfarrer, und dass man damit heute klarkommen müsse, als Mann. Aber es habe auch sein Gutes, und ihren Humor teile er ja, zündelte der Pfarrer, jedenfalls wenn es um Mathematik gehe. Dann wurde er wieder ernst, alles in allem sei Rosalie wirklich eine Geradlinige, allein schon, wie sie jeden Sonntag auf die Gasse gehe.

Tobias wurde ungeduldig, das wusste er alles, und die Gruppe wartete bereits an der nächsten Wegbiegung. Was er denn nun machen solle, fragte er rundheraus.

Wenn er sich so sicher sei, und da blieb der Pfarrer trotz der wartenden Gemeinde stehen, solle er Rosalie ruhig nochmals fragen. Er ging weiter, und als sie fast in Hörweite der wartenden Gemeindegruppe waren, machte er eine großzügige Armbewegung und fügte hinzu, da sie schon auf dem Ölberg seien, Petrus habe Jesus auch dreimal verleugnet, bevor der Hahn zum ersten Mal gekräht habe. Aber ganz im Ernst, und diesen Rat gab der Pfarrer mit leiser Stimme, weil auch Rosalie in der Wandergruppe war, wenn sie wieder Nein sage, solle er sie nach dem Grund fragen, warum sie es nicht sehe.

Es gab im Speisesaal keine fixe Sitzordnung, sie wäre ohnehin ständig über den Haufen geworfen worden, weil die Kinder vor jeder Mahlzeit auslosten, wer von ihnen neben Rosalie sitzen durfte.

Tobias war früher dran als sonst und setzte sich an den Tisch, wo er meistens saß. Umso erstaunter war er, als Rosalie ihm gegenüber Platz nahm, irgendwann müsse sie auch wieder einmal mit einem erwachsenen Menschen reden, sagte sie und lachte etwas verlegen. Wenn sie wolle, Tobias räusperte sich kurz, könnten sie gerne einen der beiden Abende, an denen die Eltern die Kinder selbst betreuen, zusammen verbringen, er würde ein nettes Café kennen. Warum nicht, Rosalie nahm ihr Telefon hervor, sie habe seine Nummer nicht, ob er ihr die Adresse schicke.

Niemand sagte etwas, nachdem Charlottes Mann seine Abendandacht beendet hatte. Der Pfarrer räusperte sich, wartete, bis der alte Mann sich an seinen Platz gesetzt hatte, und griff nach seinen Liedkopien.

Aber bevor er die Stimmgabel an die Tischkante schlagen und den Ton übernehmen konnte, stand Tobias auf. Ganz so einfach sei das nicht, sagte er und hielt sich an der Stuhllehne fest, bei aller Liebe für das Volk Gottes, aber die Grenzen aller möglichen Länder hätten sich in der Geschichte immer wieder verschoben. Man könne nicht einfach dem einen Volk das Wohnrecht absprechen.

Da stand Charlotte selbst auf, als gläubige Christin, sie schaute Tobias eindringlich an, lasse sie auf Israel gar nichts kommen. Palästina sei noch nicht einmal ein anerkannter Staat.

Charlotte setzte sich. Aller Augen richteten sich zuerst auf den Pfarrer, dann aber auf Rosalie. Sie nahm dem Pfarrer das Mikrofon ab und sagte, wir sollten nicht nur die Bibel lesen. Sie räusperte sich und fuhr fort, dass ebenso die Zeitung gelesen werden müsse, und dass sie den Standpunkt vertrete, dass die weltweite christliche Gemeinschaft gerade in der Israel-Palästina-Frage auch eine Mitverantwortung trage.

Sie gab dem Pfarrer das Mikrofon zurück, der in der Zwischenzeit ein Lied ausgesucht hatte und sich nun beeilte, die Stimmgabel zum Einsatz zu bringen.

Tobias lag in seinem großen Bett und konnte nicht einschlafen. Er hatte nach einem Café gesucht, was auch deswegen so lange gedauert hatte, weil das Internet schwach war. Aber nun war er fündig geworden. Das Café hatte sehr gute Bewertungen, und auf den Bildern sah man bunt durcheinandergewürfelte Tische und Stühle und sogar zwei abgeschabte Sofas. Das war modern. Rosalie würde es gefallen. Er kopierte den Link und wollte ihn gleich senden, als er sah, dass sie noch online war. Er tippte auf ihr Profilbild, vergrößerte es, dann legte er das Gerät zur Seite. Den Link wollte er ihr morgen schicken, nicht mitten in der Nacht.

Die erste Woche des Urlaubs war beinahe um. Ein Teil der Gemeinde brach am späten Freitagnachmittag auf, um den Kreuzweg zu begehen und zur Klagemauer zu gelangen. Überall an der Via Dolorosa waren Holzkreuze angelehnt, die man ausborgen und ein Stück tragen konnte.

Rosalie spazierte mit einer der jüngeren Frauen aus der Gemeinde. Die beiden blieben stehen und warteten auf den Mann der Freundin. Machst du ein Foto von uns beiden, fragte ihn Rosalie, und deutete auf das Schild über ihnen, Pizza della Rosa. Sie mussten lachen, und der Mann wies auf die Touristen, die Holzkreuze auf dem Rücken schleppten und sich gegenseitig fotografierten. So weit, meinte er dann und gab Rosalie die Kamera zurück, würde er nun doch nicht gehen, es sei blasphemisch, Jesus' schwersten Gang nachzustellen.

Tobias ging nur wenige Schritte hinter ihnen. Er war mit einem der Jugendlichen in ein Gespräch vertieft, der viele Fragen hatte und sich wunderte, warum die Menschen in ihren langen schwarzen Mänteln und den hohen Hüten so hurtig durch die Gassen gingen.

Es war das erste Mal, dass einige der Gemeindemitglieder nach der Abendandacht noch sitzen blieben. Sogar eine Flasche Wein hatten sie sich aus der Hotelküche geholt.

Die meisten hatten Jerusalem noch nie zuvor besucht, und der Besuch an der Klagemauer hatte viele aufgewühlt. Ein Tourist, berichtete einer der Männer und lachte, habe sich auf einen Stuhl gestellt und über die Abgrenzung hinweg die Frauen fotografiert.

Er wolle nochmals über diese Diskussion gestern sprechen, sagte ein anderer Mann, es sei ihm nachgegangen, und in diesem Zusammenhang habe er auch nochmals darüber nachgedacht, ob Frauen wirklich predigen sollten.

Grundsätzlich spreche nichts dagegen, wandte der Pfarrer ein und schaute zu Tobias, es sei die Frage, mit welcher Haltung gepredigt werde, und in welcher Absicht.

Und mit wessen Unterstützung, sagte einer, die Männer lachten. Oder man könnte auch gleich sagen, mit welcher Frisur, er habe sich jedenfalls amüsiert über die ganz kurzen Haare im Nacken und die langen, die oben auf dem Kopf der Pfarrerin dann doch zusammengesteckt gewesen seien.

Tobias löste seine Finger von den Armen. Im Nachhinein, sagte er, finde er es auch keine gute Idee mehr, Natali predigen zu lassen, auch wenn sie von ihm gekommen sei.

Ihm sei schleierhaft, warum sie es nicht habe alleine machen können, und warum die beiden Frauen auch noch eine so abwegige Geschichte gewählt hatten. Wer habe denn schon von den hochberühmten Helden der Vorzeit jemals gehört, und dass die beiden Frauen diesen Text feministisch lasen, hätte er auch verstanden, wenn sie es nicht ständig wiederholt hätten.

Da verstehe er ihn, sagte ein anderer, aber die beiden Frauen hätten es schon begründet, und zwar damit, dass gewisse Geschichten in der Bibel immer übersprungen würden.

Das stimme, lenkte Tobias ein, aber vielleicht gebe es dafür gute Gründe.

Seiner Frau, meinte der Mann, der das Thema aufgebracht hatte, habe die Predigt jedenfalls nicht gefallen.

Vielen habe sie aber gefallen, sagte einer der älteren Männer, der bis jetzt geschwiegen hatte, und dass er von mehreren Frauen, gerade aus seiner Generation, viel Gutes über diese Predigt gehört habe. Er würde sich jedenfalls vehement dagegen einsetzen, den Frauen das Predigen zu verweigern, zumal die meisten das ohnehin von sich aus nicht wollten.

Dass Natali das wolle, sagte wieder der Wortführer, erstaune ihn nun auch nicht, sie sei schon eine Eigenwillige.

Die Saaltür ging auf. Rosalie und eine der jungen Mütter kamen herein, blieben kurz stehen, und als der junge Vater seine Frau aufforderte, sich zu ihnen zu setzen, stand ein anderer auf und holte vom Nebentisch zwei Stühle.

Tobias wandte sich an den Mann, der zuletzt gesprochen hatte, natürlich sei Natali eine eigenwillige Person, sagte er deutlich genug, aber immerhin sei es ihre Idee gewesen, obdachlosen Menschen jeden Sonntagmorgen Kaffee und Gebäck zu bringen, und das sei ihr hoch anzurechnen. Sie habe die Aufgabe so lange mit Rosalie zusammen übernommen, bis ihr zweites Kind zur Welt gekommen sei, und danach habe Rosalie das Amt alleine ausgeübt, er schaute kurz zu ihr. Rosalie wurde etwas verlegen, dann schickte sie ein Lächeln in die Runde.

Schwer ließ sich Tobias auf sein Bett fallen. Ihm war heiß, er kratzte sich an der Schulter, dann stand er nochmals auf und trank im Bad ein Glas Wasser.

Er wusste, dass Rosalie eigenständig genug war, um selbst zu denken, sie wäre sonst nicht Rosalie. Sie war nicht eine, die alles glaubte, und konnte ohne Probleme sagen, was sie dachte. Das war gut. Aber es machte ihm auch Angst.

Er lenkte sich mit dem Bild ab, das er so oft vor Augen hatte, worin die Kinder, die er mit Rosalie haben würde, zur Tür rennen, wenn er von der Arbeit kommt, alle mit Rosalies Locken. Lustigerweise konnte er sich nur Mädchen vorstellen.

Sein Herz schlug durch, es blieb eben doch ein Restrisiko, dass sie Nein sagen würde. Da stand er nochmals auf, ging zum Regal und holte das Buch hervor. Er würde es ihr einfach geben. Über den Tisch schieben. Aufstehen und gehen.

Er selbst hatte das Buch als Jugendlicher gelesen. Es handelte von der großen Liebe, für die die Frau so blind ist, dass sie einen anderen Mann heiratet. Aber der stirbt schon bald, und als sie endlich den Mann heiratet, für den sie bestimmt ist, kommt ans Licht, dass sie nie mit diesem ersten Mann geschlafen hat, weil er jedes Mal einen epileptischen Anfall hatte, wenn es dazu hätte kommen sollen.

Schon am Frühstücksbuffet trat Tobias zum Pfarrer. Der hörte sich sein Anliegen an, nickte und schlug vor, gleich nach der Morgenandacht bei ihm im Zimmer vorbeizukommen.

Tobias klopfte an. Die Frau des Pfarrers öffnete die Tür, fertig angezogen für den Tagesausflug. Sie warte unten, rief sie ins Zimmer hinein. Tobias trat ein. Die Tür zum Bad war geschlossen, er schaute sich um, stellte sich ans Fenster. Auf dem kleinen Tisch daneben lag eine laminierte Liste. Tobias schaute nur kurz darauf, aber lange genug, um die Überschrift lesen zu können. Persönliche Gebetsanliegen. Rosalies Name stand zuoberst. Tobias schob die Hände in die Hosentaschen, schaute konzentriert durch das Fenster hinaus nach draußen, als er hörte, wie der Schlüssel im Bad umgedreht wurde. Er warf schnell nochmals einen Blick auf die erste Zeile, Kinder und Familie.

Frisch rasiert schlüpfte der Pfarrer in seine Tevasandalen. Er schulterte den Rucksack, den ihm seine Frau gepackt hatte, und nahm Tobias am Arm, was führt dich zu mir?

Tobias behielt die Hände in den Hosentaschen, also, begann er und wusste selber nicht, sollte er weinen oder über sich selbst lachen, was er tun solle, wenn Rosalie doch wieder Nein sagen würde.

Die Spatzen pfiffen es längst vom Dach, sagte der Pfarrer, und nur einer wolle es nicht glauben, dessen Name möglicherweise verfehlt sei, ein Thomas sei er, wie er im Buche stehe.

Tobias schaute auf sein Telefon, dann auf den Straßennamen, er war richtig. Und er war eine halbe Stunde zu früh. Er betrat das Café, schaute sich um und wählte einen der Tische, das war besser als ein bequemes Sofa. Als der Kellner kam, bestellte er ein Coca-Cola. Eigentlich hatte er damit auf Rosalie warten wollen, aber jetzt war er so früh. Er nahm das Telefon in die Hand, öffnete den Chatverlauf, er hatte ihr den richtigen Link geschickt. Er tippte auf ihr Profilbild, vergrößerte es, dann legte er das Telefon verkehrt herum auf den Tisch.

Der Kellner stellte ihm das Coca-Cola hin. Tobias nahm den ersten Schluck und verschluckte sich beinahe an der Kohlensäure. Als Erstes würde er auf die Palästina-Diskussion zu sprechen kommen. Darüber könnten sie sich gut unterhalten, er wollte nachfragen, was sie meinte, mit der Verantwortung der weltweiten Gemeinde. Aber vielleicht hatte sie auch eigene Themen, und dieses kleine Café musste ihr gefallen, es war wirklich modern, und es gab diese Sachen, die sie beim Frühstücksbuffet immer aß.

Tobias hielt sich an der Tischkante fest, versuchte, seine Gedanken unters Kreuz zu legen. Er holte tief Luft und ging im Kopf seine Verheißung durch, jedes einzelne Wort.

Dann nahm er einen weiteren Schluck und stellte das Glas ab. Es war schon leer, dabei hatte er nur kleine Schlucke getrunken. Er schaute auf die Uhr, immer noch eine Viertelstunde. Kurz schloss er die Augen, und wie er aufschaute, trat Rosalie in den Raum. Sie trug eine weiße Bluse, die Haare offen, sie erkannte ihn sogleich.

B

Kristin schloss die Wohnungstür, sperrte die Fenster auf, öffnete die Veranda. Kühle Luft floss auf Kniehöhe in den Raum, obschon es warm war draußen.

Vor der Veranda spielten Kinder im Park. Dieser Sommer war so trocken, manche Bäume hatten bereits dürre Blätter fallen gelassen. Schon der letzte Sommer hatte ihnen nicht gutgetan.

Das rostbraune Laub knisterte unter den nackten Kinderfüßen. Sie spielten Verstecken, eines der Kinder hielt sich hinter dem Stamm der Kastanie verborgen, die vor Kristins Veranda stand. Das Kind blickte zu ihr hin und legte sich den Finger auf den Mund. Kristin nickte, selbstverständlich würde sie das Versteck nicht verraten.

Dann holte sie einen Kaffee in der Küche, setzte sich in den Baststuhl und dachte an die Frau, die sie soeben verabschiedet hatte. An die fünfzig musste sie sein, aktiv, lebensfroh, und nun komplett vor den Kopf gestoßen. Ihr Mann hatte sich entschieden, einfach für sich alleine weiterzuleben. Wenn wenigstens eine andere Frau im Spiel wäre, hatte sie gesagt, aber so, ohne Grund, ich bin ihm einfach zu wenig geworden. Die Frau brauchte keine Seelsorge, sie brauchte jemanden, der ihr zuhörte, wobei, Kristin schabte sich einen Rest Lack vom Daumennagel, es da eigentlich keinen Unterschied gab.

Sie legte die Füße auf die kleine Mauer der Veranda und schloss die Augen. Sie hörte die Kinder lachen, einander hinterherrennen und sich einfangen, bis sich Schritte näherten und endlich auch das Kind gefunden wurde, das sich hinter der Kastanie versteckt hatte. Die Sonne stand schon schräg, das Licht fiel Kristin ins Gesicht. Dass der Sommer bald zu Ende ging, war daran zu erkennen, dass die Kastanie das Licht nicht mehr abschirmte, und dass es nicht mehr zu heiß war, aber noch immer schön warm. Da schreckte Kristin auf, schürfte sich die Ferse an der Mauer, etwas hatte sie gepiekt. Sie inspizierte ihren Fuß, konnte nichts erkennen, keine Schramme. Aber sie hörte ein Japsen, stand auf und schaute über das Mäuerchen. Zwei Nachbarskinder duckten sich, linsten zu ihr hoch, das eine hielt noch den Zweig in der Hand, mit dem es Kristin an den Füßen gekitzelt hatte.

Sie musste lachen. Na, ihr zwei, wollt ihr etwas trinken? Die Kinder schauten verschmitzt zu ihr hoch und nickten. Dann wartet hier, sagte Kristin, nahm die Kaffeetasse und ging in die Küche.

Der Bildhauer hatte die Schutzbrille ins Haar geschoben. Der Staub ließ es grau und pelzig wirken, aber zu den grünen Augen sah das tatsächlich gut aus. Natali musste kurz nachdenken, sie war nur einmal mit Manuels Mutter hier gewesen. Der Bildhauer, Tom hieß er, erkannte sie sofort und streckte ihr die Hand entgegen. Natali ging nochmals an den verschiedenen Blöcken vorbei, ertastete ihre Strukturen. Der eine Sandstein wirkte wärmer, der andere war heller, am besten gefiel ihr aber der Alabaster. Wobei das auch zu barock wirken könnte, oder gläsern, vor allem, wenn sie den Stein schleifen wollte. Eigentlich hatte sie vor, manche Stellen im Rohhau zu lassen, damit der schroffe Stein mit den polierten Flächen spielen konnte.

Hier hinten habe ich noch Blöcke aus Carrara, Tom zog ein altes Tuch von einem Stein. Die müsste ich aber schneiden, und dann sind sie verhältnismäßig teuer, jedenfalls teurer, als wenn ich dir den ganzen Block verkaufe. Natali ging zu ihm hin, fuhr mit dem Finger der Maserung entlang, ich glaube, dieser Stein würde zu viel vorgeben, sie schaute den Bildhauer an. Du hast ein Auge, sagte er, seine leichte Kopfbewegung hätte auch ein Nicken sein können. Dann hob er die Schultern, und Natali blickte auf ihren Zeigefinger, wischte sich die Hände an der Hose ab, ich versuche es mit dem Alabaster. Der Bildhauer ging nah an Natali vorbei, nahm eine schwere Lederrolle vom Gestell an der Wand, wickelte sie auf, die Eisen klirrten. Einen Hammer hast du, ja? Natali nickte, und sie nickte weiter, als er sagte, wenn du irgendwann gute Geräte kaufen willst, sag es mir. Er zog einen Meißel aus der Schlaufe, schabte mit dem Fingernagel daran, wirklich gut sind nur die Eisen, die man selbst schmiedet. Das machst du? Natali zog einen Spitzmeißel heraus. Ja, am Amboss, Tom deutete mit dem Kopf nach hinten, ich kann dir das zeigen, die Eisen müssen alle halblang mal gestählt werden. Das würden die Kinder sicher gerne sehen, sagte Natali. Er putzte sich mit der Faust Staub aus den Haaren, schaute sie mit gerunzelter Stirn an, du hast Kinder? Das auch, aber ich habe an meine Klasse gedacht. Da nickte er, klar, kommt vorbei.

Ich würde den Stein nächste Woche abholen, wenn das geht. Das geht auf jeden Fall, ich bin immer bis spät nachts hier, du kannst kommen, wann du willst, Tom fuhr sich mit den Fingern durch die Haare. An der Innenseite des kleinen Fingers seiner linken Hand wölbte sich der große Buckel. Für mich geht es besser am frühen Abend, dann kann mir mein Mann helfen. Tom zog die Augenbrauen hoch.

Natali entriegelte das Fahrrad und setzte den Helm auf. Sie schaute sich nochmals um, Tom war nicht mehr zu sehen. Dann radelte sie davon, eine Spur schneller als sonst.

Tobias setzte den Blinker, bog auf einen gekiesten Parkplatz ein und zog den Zündschlüssel. Er lehnte sich zu Rosalie hinüber, wartete, bis sie ihre Sicherheitsgurte gelöst hatte, küsste sie auf die Lippen und stieg aus.

Kennst du diesen Ort? Rosalie schaute sich um, nein, kann man hier auch Billard spielen? Tobias lachte und fasste Rosalie um die Taille, man kann hier nur Billard spielen. Er blieb stehen, drehte Rosalie zu sich hin und küsste sie nochmals.

Rosalie rückte ihre Bluse zurecht. Hand in Hand liefen sie zum Eingang, Tobias hatte ganz hinten einen Tisch reserviert. Ich hole uns Getränke, sagte Rosalie, magst du auch ein Bier? Tobias legte die Kugeln auf den Tisch und richtete sie präzise aus, bevor er aufschaute, vielleicht ist es besser, wenn wir etwas ohne Alkohol trinken.

Vorn an der kleinen Bar gab es Nüsse, Rosalie kaufte zwei Portionen davon und entschied sich doch für ein Pale Ale.

Wenn ich das gewusst hätte, hätte ich Turnschuhe angezogen. Rosalie lachte, sie blieb immer wieder mit den Absätzen im dicken Teppich stecken. Tobias schaute nur kurz auf, er konzentrierte sich auf seinen nächsten Spielzug. Weißt du was, Rosalie bückte sich, ich ziehe die Dinger einfach aus, barfuß geht das sowieso besser. Sie stellte die Schuhe neben ihre Tasche, nahm den Stock, zielte, traf und jubelte. Mit bloßen Füßen lief sie um den Tisch herum und fiel Tobias um den Hals, siehst du? Sie lachte immer noch, bis sie sein Gesicht sah. Wir sind schon ein bisschen laut, sagte er.

Rosalie fokussierte die Kugel. Aber sie verlor, auch die nächste Runde, und Tobias nahm sie in den Arm, das kommt schon, mit ein bisschen Übung, und nüchtern. Mein Magen ist aber nüchtern, Rosalie wollte schelmisch schauen. Tobias griff nach dem Stock und zielte aufs Neue, vielleicht hatte er sie nicht gehört.

Auf der Heimfahrt spielte Tobias Musik ab. Vor Rosalies Wohnblock hielt er an. Sie legte ihm die Hand aufs Knie, möchtest du bei mir noch etwas Kleines essen? Tobias nahm ihre Hand, küsste sie und legte sie zurück auf Rosalies Bein, wir sehen uns am Sonntag. Um acht geht es los? Ja, ich muss vorher Kaffee kochen und Gebäck kaufen. Brauchst du dazu Hilfe? Nein, sie schüttelte den Kopf, das dauert alles gar nicht lange, und bei der Bäckerei komme ich auf dem Weg zur Kirche sowieso vorbei. Gut, sagte er, ich bin schon gespannt, wen man an einem Sonntagmorgen in der Stadt antrifft. Rosalie schaute auf ihre Hände, verschränkte die Finger, hob den Blick und sah ihm direkt in die Augen, ich wollte dir noch etwas sagen. Tobias guckte auf die Uhr, bevor er sich Rosalie zuwandte. Sie räusperte sich, dann sagte sie, ich habe Natali noch nichts von uns erzählt. Und?, fragte Tobias. Naja, ich möchte es ihr gerne selbst sagen, Rosalie blickte durch die Windschutzscheibe nach draußen. Ich möchte nicht, dass sie es einfach sieht. Sie wandte sich Tobias wieder zu, der noch immer schwieg in seinem Fahrersitz. Ihr möchte ich es persönlich erzählen. Sie betonte das Wort persönlich, und endlich nickte Tobias, dann ruf sie an. Rosalie war eine Weile still, bevor sie anfing, ihre Hände zu kneten, ich möchte es ihr nicht am Telefon sagen, und morgen ist schon Samstag. Ich sehe sie nicht vor Sonntag.

Sie saßen im Dunkeln, die Straßenlaterne gab nur wenig Licht. Und wie genau stellst du dir vor, dass ich mich am Sonntag verhalten sollte? Rosalie blickte Tobias an, wir können einfach warten, bis ich es ihr erzählt habe. Was meinst du mit warten? Rosalies Magen knurrte, sie legte eine Hand auf ihren Bauch, ich meine, dass wir uns noch nicht zusammen zeigen. Nur wegen Natali? Natali ist meine Freundin. Sie weiß alles über mich, aber wir haben uns noch nicht gesehen, seit ich aus Israel zurück bin.

Tobias steckte den Schlüssel ein. Er beugte sich nochmals zu Rosalie, küsste sie, wir können es Natali und Manuel auch gemeinsam erzählen.

Rosalie stieg aus dem Wagen, drehte sich um und winkte. Tobias setzte den Blinker und fuhr aus der Parklücke hinaus in die Nacht.

Rosalie! Rosalie wandte sich um. Susanne kam näher, blieb zwei Schritte vor ihr stehen, kommst du nicht zum Kirchenkaffee? Heute nicht, nein, Rosalie schaute an Susanne vorbei, aber ich habe schon noch etwas Zeit.

Also, Susanne sprach leiser, ich wollte mit dir besprechen, wie wir das machen wollen, mit Charlotte. Was ist mit Charlotte? Es geht nicht um sie, es geht um ihren Mann. Sie möchte ihn für seine letzten Tage nach Hause nehmen. Davon weiß ich nichts, Rosalie legte ihren Fahrradschlüssel zurück in die Handtasche, geht es ihm so schlecht? Susanne nickte, Charlotte hat mir gesagt, dass es sich nur noch um Tage handeln könne, jedenfalls würden das die Ärzte sagen.

Rosalie zog die Arme an sich, ein Schaudern ging durch sie hindurch. Dann fing sie sich, und was wolltest du mit mir besprechen? Wie wir sie unterstützen wollen. Ohne Hilfe schafft sie das unmöglich, Susannes Stimme wurde leiser, aber ich kann sie so gut verstehen, dass sie ihn in seinen letzten Stunden nicht allein lassen will. Rosalie nickte verständnisvoll, aber warum organisieren das nicht die Kinder der beiden?

Ihr Sohn lebt nicht in der Nähe, und die beiden Töchter haben mit ihren Familien selbst alle Hände voll zu tun. Außerdem wird danach nochmals ein Berg Arbeit auf die Familie zukommen. Susanne schaute Rosalie an, Charlotte hat mich indirekt um Hilfe gebeten, direkt würde sie es nie tun. Aber auch abgesehen davon sollten wir als Gemeinde füreinander da sein, siehst du das nicht auch so?

Sicher, Rosalie nickte, aber ich arbeite tagsüber. Susanne legte ihr die Hand auf den Arm, danke, das ist wirklich lieb. Die nächsten Tage kann ich übernehmen, und vielleicht magst du Natali fragen, ob sie dich am einen oder anderen Abend vertritt.

Fragen kann ich schon, aber sie hat die Kinder. Susanne trat einen Schritt zurück, es müssen nicht immer alles wir Ledigen machen. Und für ihr Atelier hat sie auch Zeit. Rosalie fasste nach ihrer Tasche, das ist ihre Zeit. Natürlich ist es ihre Zeit, bekräftigte Susanne, wie auch unsere Zeit die unsere ist.

Natali ist noch hier, wenn du sie gleich selbst fragen willst, sagte Rosalie, sie wartet, bis die Kinder aus der Sonntagsschule kommen. Rosalie tastete nach dem Fahrradschlüssel, aber jetzt muss ich wirklich gehen. Susanne trat einen Schritt zur Seite, weil die Tür aufging, ich denke, es ist einfacher, wenn du sie fragst, du kennst Natali viel besser als ich. Also gut, gab Rosalie nach, nur komme ich nicht mehr heute dazu. Danke, Susanne schaute wirklich dankbar. Sie wich erneut jemandem aus, kam nochmals näher zu Rosalie und fügte an, sodass es nur sie beide hören konnten, wahrscheinlich ist es für alle das Einfachste, wenn jemand so schnell heimgehen kann wie Manuels Vater.

Hallo? Natali schaute sich in der kleinen Halle um. Überall standen Brocken, angefangene Skulpturen, sich aus Steinen lösende Figuren. Sie drehte sich zu Christof, er hat gesagt, er sei jeden Abend hier. Das Tor war jedenfalls nicht abgeschlossen, meinte Christof und ging auf eine Steinfigur zu, die in der Ecke kauerte. Er lachte, als er den kleinen Marmorhaufen darunter entdeckte.

Tom kam zur Tür herein, ihr seid es. Natali ging auf ihn zu, streckte ihm die Hand entgegen, ja, ich hoffe, du hast Zeit. Für dich habe ich immer Zeit, er nahm ihre Hand in seine, dann ging er auf Christof zu, ich bin Tom, und du bist also ihr Mann? Christof trat auf Tom zu, nicht, dass ich wüsste. Natali stellte sich zu den beiden Männern, Christof und ich teilen uns das Atelier. Mein Mann lässt Grüße ausrichten. Er ist sehr zufrieden mit dem Stein, den du für seinen Vater gehauen hast. Tom zog eine Augenbraue hoch, danke.

Hier, er löste die Klammern des Spannsets, rollte den dicken Filzstoff auf, der den Alabaster freigab, da ist dein Stein. Natali ging näher und befühlte das helle Material. Tom stellte sich neben sie, das gefällt dir, ja. Natali deckte den Stein wieder zu, fixierte den Filz, während Tom den Karren holte und die Palette, auf welcher der Stein stand, aufgabelte, ein paar Zentimeter in die Höhe pumpte und die ganze Fracht aus der Werkstatt hinaussteuerte, auf seinen Lieferwagen zu.

Ich komme mit dem Fahrrad nach, sagte Christof, während Natali auf den Beifahrersitz kletterte. Tom hob zum

Gruß die Hand, schaltete Musik ein, steckte sich eine Zigarette zwischen die Lippen, rauchst du? Natali nickte. Er zündete zuerst seine Zigarette an, reichte ihr die Schachtel und hielt ihr das brennende Feuerzeug hin. Er betrachtete Natalis Gesicht, stützte den Ellbogen auf ihrer Rückenlehne ab und ließ die Hand mit dem Feuerzeug locker baumeln. Natali blies den Rauch seitlich aus dem Fenster, schaute auf seine Hand hinab, und dann in seine Augen. Da erst nickte er zufrieden, legte den Rückwärtsgang ein und zirkelte den Wagen zwischen den Steinblöcken durch das Außenlager hindurch. Hinter dem Tor sprang er nochmals aus dem Wagen und schloss es ab. Natali schnallte sich an.

Gottogott. Natali schaute Toms Lieferwagen hinterher und legte sich die Hand auf die Stirn. Christof lachte laut auf, was für ein Idiot, wenn ich das gewusst hätte, wäre ich auch im Lieferwagen mitgefahren. Jetzt lachte auch Natali, so etwas ist mir schon lange nicht mehr passiert. Aber es erstaunt mich nicht, ich war ja schon einmal dort, als ich den Stein ausgewählt habe.

Die beiden gingen zurück in die Werkstatt, wo Tom den Alabaster so platziert hatte, dass er gut im Tageslicht stehen würde. Jetzt war es beinahe dunkel. Christof zündete das Deckenlicht an, sag mal, warum hat er gedacht, ich wäre dein Mann? Ich habe ihm beim letzten Mal gesagt, dass ich mit meinem Mann komme. Aber sie sind sich nie begegnet, den Stein für Manuels Vater habe ich mit seiner Mutter ausgewählt. Natali ging auf den Stein zu, den Filz und das Spannset hatte Tom gleich mitgenommen. Sie wischte den Alabaster mit einem Handbesen ab. Christof betastete den Brocken, der wird ja ganz warm, wenn man die Hand drauflegt, sagte er. Aber warum wollte Manuel nicht mitkommen, um den Stein abzuholen? Er wäre schon mitgekommen. Aber dann hätten wir die Kinder auch mitnehmen müssen, das war mir zu umständlich. Ich bin trotzdem froh, dass ich nicht alleine hingehen musste. Verständlich, sagte Christof und machte ein paar Schritte rund um den Stein, bis er wieder in seinen eigenen Fußspuren stand. Dieser Brocken gibt schon jetzt Staub ab. Ich weiß, Natali trat neben ihn, ich werde jedes Mal feucht aufwischen, wenn ich daran gearbeitet habe. Sie schaute Christof an, und ehrlich gesagt, wollte ich lieber nicht mit Manuel da hin, der hätte sich nur aufgeregt, wenn Tom mich so anbaggert.

Natali warf den Schutt in den Abfalleimer, legte die Lederrolle mit dem Werkzeug aus, prüfte die Schärfe der Eisen mit der Fingerbeere ihres Daumens. Dann holte sie doch den Hammer hervor, den sie im Bildhauerkurs gekauft hatte. Sie meißelte eine kleine Schicht dieses beinahe gläsernen Steines ab, um wieder in die Bewegung hineinzukommen, sich an das Material heranzutasten. Jeder Stein ist anders.

Sie schaute erst auf die Uhr, als Christof sich nochmals neben sie stellte. Ich hätte längst gehen müssen. Sie räumte rasch alles zusammen und füllte den Putzeimer mit Wasser. Natali, Christof zögerte, bevor er seinen Satz fortsetzte. Du hättest mir einfach sagen können, warum ich zu Tom mitkommen sollte. Natali stellte den Eimer ab, ja, sie nickte, ja, sagte sie nochmals, da hast du recht.

Rosalie legte Lippenstift auf, beugte sich zum Spiegel vor, dann machte sie einen Schritt zurück. In ihrem Bad gab es kein Tageslicht. Sie nahm den Handspiegel, stellte sich im Wohnzimmer ans Fenster, streckte den Arm aus und prüfte ihr Gesicht. Manchmal wäre ein Ganzkörperspiegel doch nützlich.

Ihr Telefon blinkte, hab einen guten Abend. Rosalie schrieb Tobias sofort zurück, das werden wir bestimmt, und er antwortete, ich hoffe es.

Sie blickte zum Fenster hinaus, dann schaute sie im Spiegel nochmals ihre Lippen an. Sie waren schon sehr rot. Rosalie ging ins Bad und wischte sie ab. Sie trug ihre leichte Bluse, richtig Farbe hatte sie angenommen im Urlaub, der hellblaue Stoff unterstrich das noch. Dann löschte sie das Licht im Bad, nahm ihre Tasche und schlüpfte in die offenen Schuhe. Auch die neuen Ohrringe wollte sie heute tragen.

Natali saß im Garten des Cafés und winkte ihr von Weitem zu, gut siehst du aus. Rosalie lachte, danke, du auch. Natali trug eine kurze Jeans und ein graues Shirt, ihre Haare waren ausgebleicht und ein wenig struppig. Etwas an Natali war einfach immer schön.

Wir bestellen was, und dann erzählst du mir von der Israel-Reise, schlug Natali vor, am Sonntag haben wir uns nur von Weitem gesehen, du warst so schnell weg. Rosalie nickte, schaute in die Karte, ohne wirklich das Angebot zu studieren. Dann blickte sie zu Natali, isst du auch etwas?

Der Kellner brachte zwei Bier, stellte den Salat vor Natali und die Pommes zu Rosalie. Umgekehrt, bitte, sagte Rosalie, aber Natali hatte die Teller schon ausgetauscht. Sie schob sich die erste heiße Kartoffel in den Mund und begann auch gleich, Fragen zu stellen, habt ihr jeden Tag Programm gehabt mit der ganzen Gruppe? Ja, aber es war wirklich schön. Rosalie nickte beim Kauen, die Stimmung war gut, man war zwar fast nie allein, trotzdem, es war echt toll. Man hätte schon mal für sich sein können, wenn man gewollt hätte?

Rosalie schaute Natali an, ja, natürlich, aber man geht nicht auf eine Gruppenreise, um allein zu sein.

Stimmt. Natali aß ein paar Pommes, einen kurzen Moment war es still. Sie schob den Teller zu Rosalie, machte eine einladende Bewegung, aber Rosalie winkte ab. Natali tauchte eine Kartoffel in die Mayonnaise, bevor sie fragte, war es okay mit Tobias? Ja, also, Rosalie griff nach ihrem Glas, umfasste es mit der ganzen Hand, und damit es nicht so aussah, als hielte sie sich daran fest, nahm sie einen Schluck. Dann stellte sie das Glas wieder ab.

Es war ganz gut mit Tobias.

Gut, sagte Natali und schob die Kartoffel in den Mund. Erst jetzt sah sie, dass Rosalie sich immer noch am Glas festhielt, obwohl sie es hingestellt hatte. Natali trank einen Schluck Bier und schaute Rosalie direkt in die Augen.

Also, sagte Rosalie nochmals. Ich bin mit Tobias zusammen.

Natali stellte ihr Glas ab. Das heißt, begann sie einen Satz, dessen weiteren Verlauf sie nicht kannte. Rosalie nickte, ja, wir sind zusammen, wir sind jetzt ein Paar.

Bist du sicher?

Rosalie lachte auf und schaute Natali dann doch verwirrt an, ob ich sicher bin, dass wir zusammen sind?

Ja, ich meine, nein. Ob du mit ihm zusammen sein willst.

Rosalie schaute Natali an, aber Natali wich nicht aus, und so saßen sich die beiden Freundinnen gegenüber, so lange, bis Rosalie ihren Blick abwandte.

Ja, ich bin sicher, sagte sie.

Natali nahm ihr halb leeres Bierglas, darauf müssen wir anstoßen, oder sollen wir gleich was Neues bestellen? Rosalie lächelte, nein nein, eines reicht für mich, und hielt ihr Glas mit einem Rest Bier in die Luft.

Ich weiß schon, dass du damit nicht gerechnet hast, sagte Rosalie. Du doch auch nicht. Natali lachte ein wenig, aber sie lachte allein und hörte rasch wieder auf. Ja, ich auch nicht.

Weißt du, brach Rosalie das Schweigen, sie seufzte tief und hielt nochmals inne. Ich bin am Sonntag deswegen so rasch gegangen, weil ich es dir erzählen wollte, wenn wir alleine sind. Ich wollte nicht, dass du es einfach siehst.

Natali streckte ihre Beine aus, das ist lieb, sagte sie, danke. Rosalie nahm ihr Besteck wieder in die Hände und pickte ein paar Salatblätter auf. Ich habe auch nicht damit gerechnet, dass Charlottes Mann so schnell stirbt, sagte sie, sie hat ihn nur noch ganz wenige Tage bei sich zu Hause gehabt. Natali nickte nachdenklich, und Rosalie fügte hinzu, eigentlich hatte ich dich heute fragen wollen, ob du mich bei einer Abendschicht ablösen würdest. Aber das ist nicht mehr nötig, und ich war auch nur einmal da. Ich hätte dich auf jeden Fall abgelöst, Natali schaute zu Rosalie, wirklich.

Einen Moment lang hingen sie beide ihren eigenen Gedanken nach, bis Natali einen neuen Faden aufnahm. Ich habe Suli in den Sommerferien mit auf die Gasse genommen, sie fand es fantastisch und möchte einmal mit dir am Sonntagmorgen auf die Tour gehen. Sie hat den Leuten das Gebäck mit beiden Händen gereicht, das war echt süß. Abi will auf keinen Fall mitkommen, weil Suli ihr erzählt hat, dass jemand so schmutzige Hände gehabt hat, dass sie ganz hart gewesen sind.

Die zwei sind schon sehr verschieden, Rosalie hielt kurz inne, Suli kann gerne mitkommen. Tobias will sich auch für den Rundgang einsetzen, Rosalie redete jetzt schneller, er hat gesagt, dass er schon immer toll fand, dass du damals mit dieser Idee gekommen bist, er bewundert das. Dann ist das jetzt eure Aufgabe, sagte Natali und wischte sich die fettigen Finger an der Serviette ab. Etwas juckte sie am Hinterkopf.

Sie schoben ihre leeren Teller beiseite. Natali bestellte ein weiteres Bier und streckte die Beine aus, auch ihre Haut war braun. Wie war es denn bei euch in den Ferien, Rosalie räusperte sich, wir haben uns lange nicht gesehen. Das ist wahr, sagte Natali, es war schön, wir hatten ein kleines schattiges Haus, direkt über dem Meer. Die Kinder haben jeden Tag ihr Eis gekriegt, wir haben gebadet, gelesen, kaum einmal gekocht. Das klingt entspannt, Rosalies Stimme war wieder fester. Ja, es klingt so, aber erholt fühle ich mich trotzdem nicht, sagte Natali. Und die Schule ist schon nach der ersten Woche wieder anstrengend, obwohl in den letzten Monaten alles so gut lief.

Sie schwiegen eine Weile, und in diese Stille hinein hüpfte ein Spatz, stelzte über die Tischdecke und pickte Brosamen auf, ohne sich von den Frauen beirren zu lassen.

Hast du eigentlich wieder von Kristin gehört, seit ihr zusammen die Predigt gehalten habt? Natali schnipste mit Daumen und Zeigefinger ein paar Brosamen vom Tisch, der Spatz flog auf und schwang sich davon. Nein, sagte sie, während sie einen größeren Krümel ins Visier nahm, zielte, also doch, vor den Sommerferien haben wir uns ein paarmal geschrieben. Die Brosame flog in hohem Bogen auf den Gehsteig.

Ein Bleistift rollte von der schräg gestellten Tischplatte, schlug über die Kante und fiel mit dem hellen Klang von leichtem Holz auf den Boden. Ein paar Kinder schauten auf und drehten sich nach dem Geräusch um. Natali stand mit verschränkten Armen an der Wand, zog nur die Augenbrauen hoch. Der Junge, dem der Bleistift hinuntergefallen war, duckte sich unter sein Schreibpult, fischte nach dem Hölzchen und arbeitete leise weiter.

Natali ging durch die Reihen, schaute den Kindern über die Schultern, die emsig schrieben, mit dem weichen Blei Sätze aufs Papier schabten. Abspitzsternchen lagen auf manchen Tischen. Vom Schwitzen und Schuften wurde es stickig im Raum, Natali ließ frische Luft ins Klassenzimmer strömen. Sie warf einen kurzen Blick in ihre Nachrichten, die Schuldirektorin hatte eine Meldung an alle verschickt, der Schredder sei schon wieder verstopft. Natali schloss den Rechner und wandte sich der Klasse zu. Da war ein Flüstern, zwei Mädchen duckten sich. Natali trat vor sie hin, nahm die Blätter an sich, legte sie auf ihren Arbeitstisch und machte eine Notiz. Die beiden Mädchen schauten sie empört an, öffneten den Mund, schlossen ihn wieder, ohne etwas gesagt zu haben.

Natali setzte sich an ihr Pult, verschränkte die Arme, überblickte die Klasse. Nur hie und da schaute sich eines der Kinder nach ihr um und guckte sofort wieder aufs Blatt. Sie war müde, warum war das alles schon wieder so anstrengend geworden, noch in den Sommerferien hatte sie sich wirklich auf die Klasse gefreut.

Sie seufzte, ein Kind schaute auf, seufzte auch. Wie Kinder die Erwachsenenwelt bis in die kleinsten Gesten hinein imitieren. Natali stand auf und ging nochmals durch die Reihen. Das erste Kind streckte ihr das Prüfungsblatt hin, öffnete leise seinen Pultdeckel und begann, in einem Buch zu lesen. Ein zweites und drittes Kind tat es ihm gleich, und dann schrillte schon die Schulhausglocke. Mehrere Bleistifte fielen auf die Tischplatten, bevor sie von den Kindern in die Laschen ihrer Etuis geschoben wurden.

Natali blätterte den Stapel durch. Nur auf zwei Blättern stand kein Name, das waren die beiden Mädchen, denen sie die Arbeiten frühzeitig abgenommen hatte. Sie stand auf, in der Garderobe war niemand mehr. Normalerweise wollten die Kinder nach dem Unterricht über solche Dinge sprechen. Die meisten Kinder waren nicht fertig geworden, manche sogar nur knapp in der Hälfte angelangt. Sie schaute sich die Aufgaben nochmals an, war das wirklich so schwierig, oder war sie zu streng. Das mussten sie jetzt können, sie hatte mit der Klasse besprochen, dass sie im neuen Schuljahr mehr von ihnen erwartete.

Das Telefon surrte, Manuel schrieb, dass er kochen wolle. Danke, tippte Natali mit dem Zeigefinger, schaltete den Flugmodus ein und legte das Gerät in die Tasche. Sie machte sich an die Arbeit, nur, wie sollte sie das bewerten, wenn die meisten Kinder nicht alles lösen konnten. Sie drehte das oberste Blatt um. Auf der Rückseite war keine einzige Aufgabe gelöst, aber ganz zuunterst, unter der Bonusfrage, stand in winzigen Buchstaben, ich kann nicht so schnell schreiben wie denken und muss noch denken.

Ein einzelnes Blatt leuchtete gelb auf dem Mäuerchen. Leicht lag es da, berührte nur an drei Stellen den Stein. Kristin telefonierte, sie lag in ihrem Liegestuhl. Einen Fuß hatte sie auf den Boden gestellt, die Augen bedeckte sie mit der Hand.

Ich weiß, seufzte sie, ich weiß, und richtete sich auf. Aber du findest doch auch, dass sie es verdient, dass ich mich wenigstens einmal mit ihr treffe, um zu reden. Kristin hielt inne, hörte zu, löste den Ohrring, der sich mit dem Kabel ihrer Kopfhörer verheddert hatte. Ja, das ist wahr, ich hätte nicht einwilligen sollen, dass sie hierherkommt, wenn die Sache für mich so klar ist. Aber jetzt habe ich schon eingekauft.

Sie stand auf, nahm das Blättchen in die Hand, drehte es am Stiel zwischen drei Fingern, nickte immer wieder. Ich glaube, ihr ist schon klar, dass daraus nichts wird, diese Hochzeit ist schon eine ganze Weile her. Sie meinte nur, ich hätte ihre Wohnung gesehen, jetzt wolle sie meine auch sehen.

Kristin lachte auf, du hast recht, viel habe ich nicht von ihrer Wohnung gesehen. Sie legte sich wieder auf die Liege und riss Stückchen um Stückchen vom Blatt ab, zerrieb es zwischen den Fingern. Es war noch zu feucht, als dass es zerbröselt wäre. Ist gut, ich schreib dir dann, wie es war. Kristin bewegte ihre Zehen, der Lack an den Nägeln war etwas abgeschabt, aber darum wollte sie sich jetzt nicht auch noch kümmern. Danke fürs Zuhören, sagte sie, legte auf, nahm die Kopfhörer ab, schloss die Augen. Da musste sie durch, alles andere wäre unfair. Sie schaute wieder auf, in den Kastanienbaum, der beim leisesten Wind rauschte, und wenn die Blätter anfingen zu fallen, würde sie ihre Gastdozentur beginnen, darauf freute sie sich, sie hatte so etwas noch nie gemacht.

Eigentlich hatte sie auch davon erzählen wollen, sie würde das beim nächsten Mal tun. Das Telefon blinkte, es war nochmals ihre Schwester, die ihr schrieb, warum gibst du Marlen nicht einfach eine Chance?

Kristin stand auf, holte die kleine Haushaltschaufel und den Besen, wischte die Blattfetzchen zusammen. In der Ecke hatte sich schon wieder ein Häufchen angesammelt, Treibgut der Lüfte. Und dann blieb sie einfach in der Hocke, schluckte laut und leer, vielleicht wäre es an der Zeit, irgendjemandem von Natali zu erzählen. Oder sie einfach anzurufen, ihr zu sagen, warum sie nicht einmal imstande war, ihr eine Kurznachricht zu schicken. Was konnte sie schon verlieren.

Aber jetzt ging das nicht, nicht heute, sie musste sich auf diesen Besuch konzentrieren. Vielleicht hatte ihre Schwester recht, vielleicht sollte sie es mit Marlen einfach versuchen. Sie schloss die Augen, immer noch in die Ecke ihrer Veranda gekauert, umfasste sich mit den Armen, machte sich sehr klein. Etwas in ihr wurde größer, sie versuchte, alles zurückzudrängen, aus sich herauszuquetschen, aber sie schnürte sich nur selbst zu. Sie öffnete die Augen, stand auf, hielt sich an der Mauer fest. Marlen konnte nichts dafür, sie hatte mit all dem nichts zu tun. Kristin wollte ihr nichts vormachen, sie wollte mit offenen Karten spielen.

Sie nahm das Telefon in die Hand, wählte die Rückruftaste und wartete, bis ihre Schwester ranging.

Es war dunkel im Zimmer. Das Fenster stand offen, trotzdem war die Luft schwer und zu warm. Natali lag auf dem Rücken, drehte sich auf die Seite. Sie hatte noch immer dieses Gespräch im Kopf, Manuels Begeisterung für Rosalie und Tobias. Er wollte die beiden gleich zum Nachtessen einladen, das ist toll, die zwei passen zusammen, freu dich doch mit ihnen. Jede Liebesgeschichte ist halt anders, meinte er, als sie eingewendet hatte, dass Rosalie sich jahrelang dagegen gesträubt hatte. Sie schob mit den Beinen die Decke von sich, es war noch gar nicht spät, aber viel zu heiß.

Manuel stützte sich auf, legte ihr die Hand auf die Schulter, ist alles gut? Sie drehte sich zu ihm, ja, ich kann nur nicht schlafen, sie umschlang ihr Kissen mit beiden Armen und legte den Kopf obendrauf. Er rückte ein wenig näher, strich ihr über die Haare, versuch es einfach, oder beschäftigt dich etwas?

Ja, schon, sagte sie, und Manuel fragte, ist es immer noch diese Mutter? Natali schwieg, sie hatte die Augen ganz offen, konnte Manuels Ohr erkennen. Er küsste sie, das muss dich nicht so plagen, die Kinder wissen, dass sie während der Prüfungen nicht sprechen dürfen. Ich hätte ihnen das Blatt auch weggenommen. Und dass sie nachher behaupten, sie hätten nur darüber geredet, dass sie einen Spitzer brauchten, ist auch nichts Besonderes, so sind Kinder. Natali seufzte, man hat der Schrift angesehen, dass der Bleistift ganz stumpf war, wahrscheinlich war ich wirklich zu streng. Deswegen muss die Mutter dich nicht so anfahren, sie kann trotzdem höflich bleiben, sagte Manuel. Schon, aber es war auch eine Reaktion auf mein Verhalten. Jetzt suchst du den Fehler wieder bei dir, Manuel küsste sie nochmals auf die Stirn, und überhaupt, hat die Frau nichts anderes zu tun. Doch, sie leitet eine wissenschaftliche Zeitschrift, von Empirie und Sorgfalt hat sie auch noch geredet. Siehst du, sie muss sich offenbar selbst etwas beweisen, sie weiß genau, dass Fehler zum Leben gehören.

Natali suchte nach Manuels Hand und drückte sie, die Frau konnte mich zwei Tage nicht erreichen, da hat sie die Schulleitung angerufen. Na eben, die hat wirklich ein Problem, vergiss sie einfach, und versuch zu schlafen, ich muss morgen auch früh los. Natali atmete ein, es ist mir wichtig, zu den Eltern der Kinder eine gute Beziehung zu haben.

Ich weiß. Manuel knipste seine Nachttischlampe an, aber manchmal denke ich, du solltest aufhören, an der Schule zu arbeiten. Das belastet dich viel zu sehr, und du hast kaum

Zeit für deine Kunst. Um Hausfrau und Künstlerin zu sein? Was spricht dagegen? Manuel, ich will unabhängig sein, das weißt du. Manuel hob die Hand, ließ sie wieder fallen, es ist nur ein Angebot.

Natali seufzte tief, ich würde nur umso mehr eingespannt werden, in der Kirche, und auch sonst, weil dann erst recht alle denken, dass ich Zeit habe. Wie bei Susanne, da meinen auch alle, es sei selbstverständlich, was sie alles für die Gemeinde tut. Das hat auch sein Gutes, wandte Manuel ein, und wir werden auch einmal froh sein, wenn uns die Gemeinde mit meiner Mutter unterstützt. Er löschte das Licht, und man muss auch weniger vom Zehnten abgeben, wenn man mehr für die Gemeinde arbeitet. Wie meinst du das? Seit ich die Gottesdienste in der Kirche verantworte, gebe ich etwas weniger Geld, ich spende meine Arbeit. Du lässt dich dafür bezahlen? Wie kommst du darauf, ich arbeite gratis für die Kirche. Du bist es, die auf getrennten Konten besteht, also kann ich mit meinem Geld machen, was ich will.

Darum geht es nicht. Natali stand auf, nahm ihre Decke, schüttelte sie aus und legte sich wieder hin. Worum geht es dann? Ich finde, wir reden ein bisschen viel aneinander vorbei. Manuel ächzte, das hast du schon im Urlaub die ganze Zeit gesagt. Aber gut, wenn du uns unbedingt so sehen willst. Ich will uns nicht unbedingt so sehen, aber nur schon, wie toll du es findest, dass Rosalie sich jetzt doch auf Tobias eingelassen hat, das ist einfach absurd. Natali redete lauter und schnell, dir kann es egal sein, dass Tobias meine Familie kennt, und meinen Vater, und überhaupt die ganze Geschichte. Nur ich weiß nicht, was meine Familie über mich erzählt. Rosalie war meine beste Freundin, und jetzt will sie diesen Typen heiraten, der bei meinen Eltern gepetzt hat, wenn ich nach dem Sportunterricht die Trainingshose anbehalten habe, statt den Rock wieder anzuziehen.

Rosalie ist immer noch deine beste Freundin, lass dich doch nicht so verunsichern. Und vielleicht ist das eine Brücke zu deiner Familie, das könnte auch sein. Alles ist für irgendetwas gut, man sieht es nur nicht immer gleich.

Natali drückte nochmals seine Hand. Das wäre schön, wenn alles für etwas gut wäre, sie drehte sich auf die andere Seite. Manuels Atem ging schon ruhiger, gleichmäßig, sie lauschte seinen Atemzügen, schaute in die Dunkelheit hinein, die Augen musste sie dazu nicht offenhalten.

Willst du mehr Wein, ich kann noch eine Flasche öffnen, Marlen fasste nach dem Korkenzieher. Nein, danke, Kristin streckte die Beine, langsam wird mir ein wenig kalt. Wollen wir hineingehen? Marlen stellte die Flasche auf den Boden, legte beide Hände in den Schoß und schaute Kristin zu, wie sie aufstand und sich aus ihrer Wolldecke herausschälte.

Ich sollte bald schlafen, ich bin müde. Kristin schüttelte die Decke aus, schlug sie mehrmals ein und nahm sie unter den Arm. Marlen stellte die Gläser aufs Tablett, schob die Stühle an die Wand, schaute sich um, ob nichts auf der Veranda liegen geblieben war. Dann ging sie Kristin hinterher in die Küche, legte ihr die Hand aufs Schulterblatt. Kristin wandte sich um und lächelte Marlen an. Ich muss wirklich schlafen, sie zupfte sich am Ohr, und ehrlich gesagt war es mir gerade ein bisschen viel. Auf Marlens Stirn bildeten sich Falten. Aber wenn du nicht allein sein möchtest, könnte ich auch hierbleiben. Danke, schon gut, Kristin fuhr sich einmal mit der Hand über das Gesicht.

Wir sehen uns, ja? Marlen stand in der Tür, die Hände hatte sie in die Hosentaschen geschoben, die Schultern angezogen, als wollte sie die Kontrolle über ihre Bewegungen nicht abgeben. Ja, Kristin trat näher, umarmte Marlen, die nur eine Hand herauszog und mit den Fingern Kristins Haare streifte, ihren Hals.

Kristin schluckte, als Marlen die Treppe hinunterstieg. Dann schloss sie die Tür, ging ohne jeden Umweg ins Wohnzimmer und warf sich aufs Sofa.

Sie setzte sich wieder auf. Schwindelig war ihr, wie war es dazu gekommen, dass sie Marlen alles erzählt hatte. So viel hatte sie nicht getrunken. Marlen war aufmerksam gewesen, hatte genau zugehört, als sie von Eliane geredet hatte. Dabei hatte sie das längst hinter sich geglaubt. Das klingt nach einer toxischen Beziehung, hatte Marlen gesagt. Und dann hatten sie sich auf die Veranda gesetzt und über anderes geredet, über Pläne für die nächsten Wochen, Kindheitsgeschichten, Musik, Filme, Bücher, bis es kalt geworden war, bis sie Marlen nach Hause geschickt hatte.

Kristin spülte die Weinflasche aus. Sie kannte Marlen kaum, sie fühlte sich ausgeliefert, dabei hatte sie nur von sich erzählt, ohne von Marlen auch etwas erfahren zu haben, und überhaupt, das fiel ihr erst jetzt auf, hatte sie Marlen keine einzige Frage gestellt. Sie öffnete die Fenster. Ein Wind ging durch die Räume, kehrte alles auf, kühlte alles ab, und nachdem Kristin die Zähne geputzt hatte, zog sie sich aus, stellte sich unter die Dusche, seifte sich ein, wusch auch noch die Haare, ganz entgegen ihrer Gewohnheit, sich morgens zu waschen.

Abi hob ihre Füße bei jedem Schritt an, ging fast nur auf Zehenspitzen, um nicht über die umgekrempelten Hosenstöße zu stolpern. Sie fasste Natali an der Hand, schaute zu ihrer Mutter hoch, hob den Herrenhut und zwirbelte ihren dunklen Schnurrbart. Sie mussten beide lachen.

So bist du richtig gut verkleidet, mit Papas Sachen, Natali drückte die Hand ihrer Tochter. Abi blieb stehen, wölbte ihren Bauch nach vorn, schürzte die Unterlippe und hakte die Daumen in den Hosenträgern ein. Dann stellte sie sich breitbeinig hin, nickte und versuchte, ihre Stimme tief zu setzen, jetzt bin ich ein Kerl. Natali musste lachen, zum Glück nicht.

Abi ging ein paar Schritte neben ihrer Mutter her und fragte, Mama, warum hast du denn Tills Geburtstagsfest vergessen? Natali fasste Abi am Hemdkragen und fing sie gerade noch auf, weil sie jetzt doch über den Hosenstoff gestolpert war. Das Kind konzentrierte sich auf den Weg und blieb erst nach ein paar Schritten nochmals stehen, zog an der Hand seiner Mutter, damit sie auch stehen blieb, du vergisst doch sonst keine Sachen. Natali atmete tief ein und legte ihre freie Hand auf Abis Hut, strich ihr über die Wange und den Schnurrbart. Ich weiß es nicht, Liebes, ich habe es einfach vergessen. Aber du hast den Zettel an den Kühlschrank gehängt. Ja, das habe ich, und dann habe ich nicht mehr daran gedacht, an den Kühlschrank zu schauen. Es macht nichts, alle vergessen mal etwas, Abi blickte ihrer Mutter in die Augen. Natali drückte Abis Hand, komm, wir müssen noch etwas Süßes für eure Party einkaufen, und wenn du bei Till bist, gehe ich ein Geschenk für ihn besorgen.

Vor der Haustür schlüpfte Abi in das Jackett. Es hing ihr bis über die Knie. Sie prüfte in der Glastür ihr Spiegelbild, stellte sich auf die Zehenspitzen und klingelte. Durch die Scheibe sah sie die Kinder wie eine Lawine die Treppe herabpoltern, dann flog die Tür auf und Till sprang heraus. Er war als Leopard verkleidet, umarmte Abi stürmisch und tanzte einmal mit ihr im Kreis. Ein Kind rief, Abi ist unser Zirkusdirektor.

Natali schaute den Kindern hinterher, wie sie die Treppe hochjagten, jedes Kind als Tier verkleidet. Abi warf Natali eine Kusshand zu, bevor sie sich endgültig in den Zirkusdirektor verwandelte, die Treppe hinaufwetzte, darauf bedacht, dem Leoparden nicht auf den Schwanz zu treten.

Natali stieg ebenfalls hoch. Auf einer Stufe lag ein verlorenes Stoffohr, sie hob es auf und suchte die Küche. Tills Mutter mischte Sirup an und stellte abwaschbare Plastikbecher auf ein Tablett. Sie wischte sich eine Strähne hinters Ohr, küsste Natali auf beide Wangen, schön, bist du da, bin gleich zurück, sagte sie und balancierte die Getränke zu den Kindern. Natali nahm die Eisstängel aus ihrer Tasche und schaute sich um. Die Küche war vollgestellt mit Kuchen, Früchten, bunten Sirups, und das Lachen der Kinder klang durch das ganze Haus. Natali befestigte das Stoffohr mit einem Magnet am Kühlschrank, sie fuhr herum, als Tills Mutter hinter ihr stand. Wo kann ich das hinstellen? Ach, das hast du extra mitgebracht. Tills Mutter nahm die Eisbox entgegen, weißt du was, ich stell das jetzt in den Eisschrank und am Abend nimmst du es wieder mit, ja? Sie räumte das Gefrierfach um, verschloss es wieder und wandte sich an Natali, wir essen so etwas nicht, da hat es zu viele Konservierungsstoffe drin.

Die beiden Frauen setzten sich in den Garten zu den anderen Müttern. Die Kaffeekanne war beinahe leer. Von allen Seiten hörte man die Kinder lachen und rufen, eines hatte sich als Giraffe verkleidet und schob an einem langen Stiel, der als Hals diente, den Giraffenkopf vor das Fenster des Spielzimmers. Abi kam mit einem Reifen auf die Veranda gerannt, dicht gefolgt von zwei Löwen, denen sie den Reifen hinhielt, los, springt! Aber die beiden Löwen sprangen nicht, sie griffen den Dompteur an, bis diesem endlich der Elefant zu Hilfe kam.

Natali stand auf und stellte ihr Geschirr zusammen. Lass nur, sagte Tills Mutter, ich mach das schon, und nahm ihr die Tasse ab. Dann bis gleich, sagte Natali, ich gehe noch ein Geschenk für Till kaufen, das habe ich auch vergessen, im Moment geht mir ein bisschen viel durch die Lappen. So was kommt vor, sagte Tills Mutter, aber wegen des Geschenks, Till hat mehr als genug. Verstehe, sagte Natali, nur möchte ihm Abi gerne etwas schenken. Tills Mutter lächelte nachsichtig, aber bitte nur etwas Kleines. Sie begleitete Natali zur Tür, und da fiel Natali das Ohr wieder ein. Ein Kind hat ein Ohr verloren, sagte sie, ich habe es an den Kühlschrank gehängt. Bitte, wie? Tills Mutter legte die Stirn in Falten. Ein Stoffohr von einem Kostüm, das lag vorhin auf der Treppe. Ach so, Tills Mutter lachte, ich dachte schon, ein echtes Ohr. Ich lege dir ein Stück vom Kuchen zur Seite, den musst du nachher probieren. Das Biskuit habe ich gestern Abend noch gebacken, aber das Topping heute frisch angerührt.

Nein, das weiß ich selbst, Kristin zog die Beine an. Die dicken Wollsocken waren zu warm, sie mochte sie trotzdem nicht ausziehen. Für etwas war der Herbst schließlich da. Sie spielte mit dem Kabel ihrer Kopfhörer, du hast schon recht, es fühlt sich ganz ähnlich an wie bei Eliane, ich falle ins alte Muster. Kristin blickte aus dem Fenster, in den Park hinein, aber ich kann Marlen nicht einfach in den gleichen Topf werfen. Und sie kann nichts für diese Geschichte.

Erst nach langem Schweigen fuhr sie fort, sie hat schon am selben Abend geschrieben, dass wir das nächste Mal gemeinsam kochen könnten. Kristin hörte sich an, was ihre Schwester dazu sagte, unterbrach sie, logisch verabrede ich mich nicht wieder mit ihr bei mir zu Hause, das habe ich jetzt auch verstanden. Sie schluckte, ja, wahrscheinlich muss ich es ihr mehr als deutlich sagen.

Ich verspreche es dir, Kristin knurrte, aber es war mehr ein Lachen, dafür bin ich zu gern für mich allein. Sie zog mit dem Nagel eine Linie über den Sofabezug. Auf beiden Seiten der Leitung war es still, bis Kristin sagte, ich wollte dir noch etwas anderes erzählen.

Heute Vormittag habe ich ihr geschrieben, bisher hat sie nicht geantwortet. Kristins Stimme kratzte. Sie atmete erleichtert auf, weil ihre Schwester gleich selbst den Vorschlag machte, dass sie heute Nacht nicht allein bleiben sollte. In einer halben Stunde bin ich bei dir, sagte Kristin, legte auf, packte ihre Sachen, und bevor sie die Wohnung verließ, rauchte sie auf der Veranda eine Zigarette. Das hatte sie zuletzt vor Jahren getan, alleine geraucht.

In der hellen Kante, die das Licht in den Raum schlug, war der Staub besonders gut zu sehen, den die Bewegung des Türflügels aufgewirbelt hatte. Die Partikel legten sich sofort auf alles, die Haut fühlte sich trocken an, die Zunge pelzig. Christof ging zum Fenster und öffnete es.

Da erst sah er Natali, wie sie auf dem Hocker vor ihrer Skulptur saß, die Schutzbrille in die Haare geschoben. Um sie herum lagen ganze Brocken, die sie dem Stein abgeschlagen hatte. Er ging näher, schob mit dem Fuß ein Steinstück zur Seite, schaute sich den zurechtgehauenen Alabaster an.

Natali stand auf, legte das Werkzeug auf ihren Arbeitstisch und ging an Christof vorbei, betrachtete den Stein von der anderen Seite. Wenn ich mich verhau, verhau ich mich eben. Christof stand ihr gegenüber, ging näher an den Brocken heran, musterte die Bruchkanten und schroffen Flächen. Ich glaube, ich lass es für heute, sagte Natali, und Christof nickte. Er ging zu seinem Arbeitsplatz und blies Staub von der Tischplatte. Sie holte den Besen, kehrte den Schutt zusammen und warf alles in den Eimer. Sie musste husten. Dann nahm sie den Schrubber und wischte den Boden feucht auf.

Sie wrang den Lappen aus, hängte ihn über den Eimer, zögerte, bevor sie zu Christof trat. Das mit dem Staub hatte ich vollkommen unterschätzt, das kriegen wir nicht so schnell wieder raus. Er wandte sich um, wir schauen einfach mal, und ich decke meine Bilder gut ab. Natali nickte, sie stand ein paar Schritte hinter ihm, scheuerte mit einem Daumennagel am anderen Nagelbett, ohne dass sie auch nur ein störendes Hautfetzchen finden konnte. Christof wollte sich wieder seinem Rechner zuwenden, als Natali hervorbrachte, ich möchte mich bei dir entschuldigen. Wofür denn? Dass ich dir nicht gesagt hatte, warum ich den Stein nicht mit Manuel abholen wollte, bei Tom. Ach, ist doch alles gut, ich wollte einfach gleich etwas sagen, und nicht hinterher. Christof betrachtete Natali, wie sie vor ihm stand, wie sie noch immer mit ihren Händen beschäftigt war, klein wirkte sie. Sie weinte.

Ein Windstoß schlug das Fenster zu. Christof stellte einen Stuhl davor, damit es offen blieb, und setzte sich zu Natali an den Tisch. Und wenn du sie einfach trotz allem triffst?

Natali zog ihr zerknülltes Taschentuch hervor, putzte die Nase, zuckte mit den Schultern. Das macht es nur noch schlimmer. Christof sah sie nachdenklich an, vielleicht auch nicht. Triff sie einfach, es wird nicht schlimmer sein, als Kindergeburtstage zu vergessen und in der Schule keine Geduld zu haben. Klar wird es nicht schlimm sein, das ist das Problem, fast musste sie ins eigene Weinen hineinlachen.

Wann hat sie dir denn geschrieben? Gestern, gestern Vormittag. Natali stützte ihren Kopf auf den Fäusten ab, die Ellbogen auf die Tischplatte gestemmt, als wollte sie ein Geweih abstoßen. Ich kann mich nicht in so etwas hineinreiten, schon gar nicht, wo sich Manuel nach dem Tod seines Vaters wieder gefangen hat. Und überhaupt. Die Kinder. Das ist alles so absurd. Christof fasste Natalis Fäuste, drückte sie, nein, absurd ist, wenn man keine Antwort bekommt, nachdem man jemandem sein Herz ausgeschüttet hat.

Natali drehte den Kopf auf die andere Seite, als der Wecker klingelte, versteckte das Gesicht im Kissen. Dann guckte sie doch auf, etwas zog an ihren Haaren. Suli saß in ihren kurzen Schlafhosen im Schneidersitz neben ihr und flocht ihr einen Zopf.

Natali wollte sich aufrichten. Warte, Sulis kleine Hände schoben sie zurück auf das Kissen, ich bin noch nicht fertig. Sie schaltete den Alarm aus, knüpfte ein Band um die Haare und schmiegte sich an ihre Mutter. Natali drückte das Kind an sich, es roch nach Schlaf. Hast du gut geschlafen? Ja, aber in der Nacht bin ich aufgewacht und habe dich vermisst. Natali gab Suli einen Kuss auf die Stirn, zum Glück weißt du, wo du mich findest. Suli schnalzte mit der Zunge.

Manuel streckte den Kopf zur Tür herein, Frühstück ist fertig. Natali schaute auf die leere Bettseite, dann nochmals auf die Uhr. Es war Sonntag.

Wir kommen! Suli sprang auf, schlüpfte in die Hausschuhe und rannte ums Bett herum, ihrem Vater entgegen, der sie auffing und mitsamt den Hausschuhen wieder aufs Bett warf. Nimm die Mama auch gleich mit. Natali setzte sich auf und fischte mit den Füßen nach ihren Pantoffeln. Sie blieb sitzen, stützte ihre Stirn auf den Fäusten ab, suchte mit den Ellbogen Halt auf den Kniegelenken. Sie wusste, dass sie aufstehen musste, in diesen Tag hineingehen, aus der Nacht herausfinden. Suli schlich sich von hinten an, klammerte sich an Natalis Rücken und schlang ihr die Arme um den Hals. Jetzt kannst du aufstehen, rief sie, und mich in die Küche tragen.

Manuel saß bei einer Tasse Kaffee vor der Zeitung. Er hatte ein altes Hemd übergezogen, das offen stand, sein Bauch wölbte sich über dem Bund der Shorts, einzelne Haare standen ab.

Wer will Kaffee? Manuel goss Milch in eine Pfanne, die Frühstückseier standen bereit, sogar Servietten lagen bei jedem Gedeck. Gerne, Natali reichte ihm die Tasse, strich ein Marmeladenbrot für Suli und schnitt es in kleine Stücke. Ich gehe Abi wecken, Natali stand auf, sie wird sonst traurig, wenn sie alleine essen muss.

Abi setzte sich still auf den Stuhl und trank ihren Saft. Wenn es ums Aufwachen geht, bist du wie Mama, sagte Manuel und küsste das Kind auf die Wange. Abi nickte nur und Natali legte ihr ein Honigbrot auf den Teller. Suli schlürfte ihren Saft, stellte den Becher ab und schaute Manuel an, warum bist du eigentlich überhaupt da? Er musste lachen, bist du etwa nicht froh? Suli tunkte ihren Finger in den Saft, leckte ihn ab, und Manuel erklärte, seit ein paar Wochen hilft jemand von den Jüngeren jeden zweiten Sonntag im Gottesdienst. Er schnappte Sulis Hand, tat, als würde er ihr in den Finger beißen, hat dir der liebe Gott keinen Mund gegeben, dass du mit den Händen trinken musst?

Ich räume das auf, du hast schon das ganze Frühstück zubereitet. Natali stellte das Geschirr zusammen. Manuel nahm sie in die Arme, zog sie an sich, das Band rutschte aus ihren Haaren, der Zopf löste sich in einzelne Strähnen auf. Manuel ließ die Badezimmertür offen, stellte sich unter die Dusche, pfiff, als er sich wusch.

Im Vorraum des Gemeindesaals drängten sich die beiden Mädchen an ihren Eltern vorbei, flitzten durch die Garderobe, hinunter in den Sonntagsschulraum. Suli hatte schon wieder das Stofftier in der Hand, irgendwie schaffte sie es immer, es mit hineinzuschmuggeln. Natali behielt die Strickjacken der Kinder bei sich und ging hinter Manuel in den Saal. Sie setzten sich zuvorderst hin.

Der Raum war gut gefüllt. Natali blickte sich um, heute sind so viele Menschen da, die ich gar nicht kenne, flüsterte sie. Manuel nickte, deutete nach vorn, wo das Thema des Gottesdienstes eingeblendet war. 60 Jahre Emmi & Hector. Manuels Mutter setzte sich dazu, streckte Natali die Hand hin und hielt sie einen Moment lang fest. Dann schaute sie nach vorn, las das Thema an der Wand, verknotete ihre Finger ineinander, presste sie zusammen, wie zu einer doppelten Faust. Natali legte ihr die Hand auf die Schulter.

Rosalie kam dazu und legte das Gesangbuch auf den Platz zwischen sich und Natali. Ist Tobias in der Sonntagsschule, fragte Natali, aber Rosalie schüttelte den Kopf, er kommt gleich.

Eine junge Frau stellte sich ans Mikrofon. Sie schaute in die Gemeinde, wartete, bis es still war, und setzte zu einem Lied an. Kennst du sie?, fragte Rosalie, aber Manuel flüsterte den beiden Frauen zu, das ist eine Nichte von Emmi und Hector. Mit einer ungewöhnlich schönen Stimme sang die junge Frau ein altes Liebeslied. Mittendrin begann sie zu strahlen, leuchtete ihre Großeltern an, die gemeinsam durch den Mittelgang kamen, sich stützten, kurz stehen blieben. Hector legte sich die eine Hand auf das Herz.

Tobias kam herein, huschte an seinen Platz, um niemandem in die Sicht zu treten. Er stupfte Rosalie an, die das Gesangbuch vom Stuhl nahm und sich freute.

So sieht ein gesegnetes Paar aus, begann der Pfarrer, nachdem sich die beiden vorne hingesetzt hatten. Emmi nestelte an ihrem Seidentuch, dann legte sie ihre Hand in Hectors Hände. Die beiden haben sich gewünscht, nach sechzig Jahren Ehe nochmals gesegnet zu werden. Auf die nächsten sechzig Jahre, hier hielt der Pfarrer inne und die Gemeinde schmunzelte einträchtig. Das heute ist der Lohn für ihre Liebe und Treue über all die Jahre.

Rosalie stupfte Natali an, sie hatte eine Träne im Auge, die gerade noch nicht abfließen wollte. Natali versuchte, sich mitzufreuen, sie hielt noch immer die beiden Strickjacken umklammert, obschon es heiß geworden war im Saal. Die Beine hatte sie übereinandergeschlagen, der große Zeh zeigte aufrecht nach oben.

Gott führt Mann und Frau zusammen, sagte der Pfarrer, und der Mensch muss gar nichts dazutun, er muss sich nur in allen Fragen leiten lassen, dann ist er gesegnet, seine Ehe ist gesegnet, sein Haus ist gesegnet, ein Leben lang und weit darüber hinaus.

Natali warf einen Blick zu Manuels Mutter, betrachtete ihr müdes Gesicht, als sie ihr plötzlich in die Augen sah. Manuel fasste nach Natalis Hand. Sie kam sich klein vor, kleiner als sonst. Rosalie legte ihren Kopf an Tobias Schulter, richtete sich aber wieder auf, mit geradem Rücken, ehrenfest und voller Zuversicht.

Als der Pfarrer fertig war mit seiner Rede, sang die junge Frau ein zweites Lied, und nach der Segnung ein drittes, bis das alte Paar nach draußen hinkte. Im Kirchenschiff stauten sich die Kinder und Kindeskinder, viele waren es, die hinter den beiden durch den Korridor ins Freie schritten.

Kristin streckte die Beine aus, bewegte den großen Zeh. Neben ihr lag ein Stapel Bücher auf dem Boden, das oberste aufgeklappt, mit dem Rücken nach oben. Es war nicht mehr so warm, aber Kristin hatte noch Sonne im Gesicht. Sie schloss die Augen. Müde war sie, unkonzentriert, sie konnte nicht recht sagen, was sie gerade gelesen hatte. Im Park spielten ein paar Leute Boule, ein heller Ton sirrte durch die Luft, wenn eine der metallenen Kugeln eine andere traf. Vögel schwatzten durcheinander, ein Windstoß rauschte durch die Blätter, fuhr plötzlich in die Äste. Kristin schaute auf, vom See her zogen dunkle Wolken auf, während der Himmel auf der anderen Seite noch immer blau leuchtete. Sie zog den Wollpullover enger um sich, rasch wurde es kühl, und da streiften sie schon die ersten Tropfen. Ein Grollen war zu hören, aber um diese Tageszeit war es zu hell, als dass man das Wetterleuchten hätte sehen können. Sie räumte die Bücher zusammen, klappte den Liegestuhl zusammen und lehnte ihn an die Wand.

Das Telefon lag im Wohnzimmer. Sie nahm es in die Hand, runzelte die Stirn, las die Nachricht nochmals, legte das Gerät zur Seite. Als sie wieder auf die Veranda trat, schüttete es heftig, selbst ganz hinten an der Wand sprühten ihr Tropfen ins Gesicht. Die Gruppe, die gerade noch Boule gespielt hatte, stand dicht an den Stamm der Kastanie gedrängt. Kristin spähte durch die Baumkronen und suchte den Himmel nach einem Regenbogen ab. Von hier aus war nichts zu sehen, dafür müsste man aufs Dach steigen, oder wenigstens vors Haus gehen. Dann ließ der Regen nach. Noch war die Sonne stark genug, um alles rasch zu trocknen.

Kristin atmete tief ein und ging zurück in die Wohnung. Sie nahm das Telefon, setzte sich an den Küchentisch und las die Nachricht erneut durch, und dann noch einmal.

Natali biss sich auf die Unterlippe, schob beide Hände in die Hosentaschen, zog die Schultern hoch und schritt voran. Dann schaute sie doch zurück. Kristin stand im Schein der Laterne, und Natali erwiderte ihren Blick.

Kristin drehte sich als Erste weg. Natali wusste, dass sie sich nicht mehr umdrehen würde. Sie holte tief Luft, roch an ihren Händen, auch an den Handrücken. Sie zündete eine Zigarette an, blies den Rauch aus, strich sich mit dem Daumen über die Unterlippe, mehrmals, aber nur ganz fein.

Sie ging am Brunnen vor ihrem Haus vorbei, ohne die Hände hineinzutauchen, stieg die Treppen hoch, kochte einen Tee und setzte sich damit an den Küchentisch. Rauch hatte sich in ihrer Haut festgesetzt, und auch die Zähne hatte sie nicht sofort geputzt. Sie stand auf, löschte das Licht, stellte sich ans offene Küchenfenster, blickte hinaus in die Nacht, in den Innenhof. In manchen Wohnungen brannte noch Licht, in anderen war das blaue Flackern zu sehen, aber es war ruhig und angenehm kühl.

Natali. Manuel stand in der Tür, sein Schemen in der Dunkelheit. Er kam näher, berührte sie am Hinterkopf, beugte sich über sie und küsste ihre Stirn. Er schaltete das Licht an, du riechst nach Rauch. Natali schirmte ihre Augen mit den Händen ab, sog nochmals diesen Duft ein, der unter dem Rauch an ihrer Haut haftete.

Manuel stand einen Schritt vor ihr, du riechst wirklich nach Rauch. Natali nahm die Hände vom Gesicht, blinzelte ins Licht, das kann gut sein. Raucht Kristin etwa? Gelegentlich, ja, antwortete Natali. Was meinst du damit? Manuel kam näher, zog einen Stuhl hervor und setzte sich. Sie hat gesagt, sie sei Gelegenheitsraucherin, sagte Natali und blieb stehen, und dass heute eine gute Gelegenheit gewesen sei. Manuel suchte Natalis Gesicht ab, aber du rauchst doch nicht. Doch, ich rauche auch, auf Natalis Stimme hatte sich ein Pelz gelegt. Sie räusperte sich und spülte den Hals mit Tee. Kristin hat von meinen Zigaretten geraucht.

Sie legte ihre Finger um die handwarme Tasse, ich rauche eigentlich schon sehr lange.

Aber doch nicht, als du schwanger warst?

Natali hielt dem Blick ihres Mannes stand, nein, damals habe ich nicht geraucht.

Er starrte sie an, und erst nach einer Weile schüttelte er den Kopf, aber warum?

Warum was?

Warum zerstörst du deinen Körper, und warum weiß ich nichts davon? Manuel ging zum Kühlschrank, riss die Tür auf, nahm sich ein Bier und trank große Schlucke. Warum wusste ich nichts davon, dass du den Sommerurlaub längst gebucht hattest? Damit wir uns darüber streiten konnten, dass ich deine Mutter nicht dabeihaben wollte? Obschon du das selbst nicht wolltest? Das war der schönste Urlaub, den wir je hatten, das hast du auch gesagt. Warum lenkst du schon wieder ab? Du weißt genau, warum du nicht weißt, dass ich rauche. Natali schüttete den Teerest in die Spüle, sie wollte hinaus aus dieser Küche. Manuel hielt sie am Arm fest, nein, ich weiß überhaupt nichts. Natali nickte nur. Es war klar, dass das ein Theater gibt, deswegen weißt du es nicht. Natali löste sich aus Manuels Griff. Sie ging ins Bad, putzte die Zähne jetzt gründlich, spülte den Mund, und wie sie sich wieder aufrichtete, sah sie Manuel im Spiegel. Und sie sah, dass Schaum an ihrer Oberlippe haftete.

Natali. Manuel versuchte, sie zu umarmen, warum tust du es, wenn du weißt, dass ich es nicht möchte? Natali blieb kurz stehen, du bist nicht mein Vater, sagte sie und ging an ihm vorbei.

Aus dem Wohnzimmer waren Klaviertöne zu hören, einzelne, die schließlich als Tonleiter von ganz oben herabtrudelten. Natali stellte ihre Schuhe ins Regal, reihte auch die Schuhe der Mädchen ordentlich ein und zog den Pullover aus, er war viel zu warm.

Die Wohnzimmertür war nur angelehnt. Natali stellte sich in Socken in den Rahmen, blickte auf Abi, ihren schmalen Rücken, wie sie sich nach rechts dehnte, in der Mitte die Hand wechselte und nach links zu den tiefen Tönen hinabgriff, und wie sie versuchte, von der Mitte her nach beiden Seiten hin zu spielen, ihre Arme weit ausstrecken musste, um mit den Fingerspitzen die hohen und gleichzeitig die ganz tiefen Tasten antippen zu können.

Suli nahm Natalis Hand und schmiegte sich an ihre Mutter. Natali legte ihr den Finger auf den Mund, und so lauschten sie, wie Abi ihre Töne zusammensuchte, wie sie mit ihren noch kleinen Händen das Klavier abtastete nach einer Melodie, die sie bereits im Sinn haben musste. Da seufzte Abi und stellte ihre Ellbogen auf die Tasten. Sie stampfte damit hin und her, und als wäre sie auf einmal müde von diesen Vielklängen, legte sie auch noch die Stirn auf ihre Fäuste. Schließlich raffte sie sich auf, spielte alles noch einmal durch, legte das Übungsheft oben auf das Klavier, machte den Deckel zu und kletterte vom Drehstuhl.

Bravo, bravo! Natali klatschte, und Suli klatschte auch, aber Abi blieb stehen, habt ihr mir zugehört? Sie strich sich eine feuchte Haarsträhne aus der Stirn. Schon eine ganze Weile. Du spielst gut, mit so viel Disziplin. Abi verschränkte die Arme, aber Suli klatschte nochmals in die Hände, ging zu ihrer Schwester und umfasste sie. Abi löste sich aus Sulis Umarmung und schmiegte sich an ihre Mutter.

Abi trank das Sirupglas in einem Zug leer. Sie stellte es auf den Küchentisch und betrachtete die Zitrone, die auf dem Boden des Glases lag. Der Klavierlehrer sagt auch, dass ich gut spiele, er hat gesagt, mein Anschlag ist gut. Wie schön, sagte Natali, und Suli guckte an ihrer Schwester hoch, fischte den Zitronenschnitz aus ihrem Glas und suckelte daran.

Natali setzte sich mit einem Kaffee zu ihren Kindern an den Tisch, sag mal, Abi, hat das heute gut geklappt mit dem Schlüssel? Abi nickte, ja, ich habe vor dem Kindergarten auf Suli gewartet, und dann sind wir zusammen nach Hause gegangen. Ihr seid schon so selbständig, Natali schaute ihre Kinder an, wie sie einfach immer weiterwuchsen in ihre eigenen Leben hinein und sie immer weniger Zugang hatte zur Welt, in der die beiden lebten.

Wenn Suli in der zweiten Klasse ist, kann sie auch einen eigenen Schlüssel haben, sagte Abi. Suli nahm Abi durch die Zitrone ins Visier, ich kann jetzt schon einen eigenen Schlüssel haben. Nein, Abi schüttelte den Kopf, sicher nicht, ich habe auch erst in der zweiten Klasse einen Schlüssel bekommen.

Suli heulte auf, schmiss den Schnitz auf den Boden, rieb sich das Auge, das brennt! Was hast du denn mit der Zitrone gemacht? Natali tupfte Sulis Gesicht mit einem Lappen ab, nicht reiben. Das Kind schüttelte seine Hände und jammerte, ich kann gar nichts mehr sehen. Das wird schon wieder, lass am besten die Augen zu. Natali nahm sie auf die Knie und legte ihr den Lappen über die Augen, und Abi stellte sich dazu und strich ihrer kleinen Schwester über den Arm.

Überlegt schon mal, was ihr am Abend essen wollt. Spaghetti, rief Suli unter ihrem Lappen hervor, ich habe Hunger. Ich auch, sagte Abi, soll ich schon Wasser kochen?

Natali nickte ihrer größeren Tochter zu, das ist lieb, aber es ist noch früh, es ist erst fünf. Aber ich bin bald sechs, sagte Suli und zog sich den Lappen vom Gesicht. Sie blinzelte ein paarmal, rutschte von den Knien ihrer Mutter, nahm den Zitronenschnitz vom Boden und warf ihn in den Abfall. Ja, du bist bald sechs, und um sechs kommt euer Vater nach Hause. Natali stand auf und stellte das Geschirr in die Spüle. Im Schüttstein lag der Teebeutel vom Vorabend.

Natali hatte die Haare oben auf dem Kopf zusammengebunden, eine Strähne war herausgefallen, die klemmte sie hinters Ohr. Fest saß sie auf ihrem Hocker, hielt sich mit beiden

Füßen am Boden, auf der Stirn eine konzentrierte Falte. Sie lehnte nach hinten, betrachtete den weißen Koloss durch die Schutzbrille hindurch, stand auf und behandelte die hintere Steinseite mit dem leichteren Meißel. Dann legte sie das Werkzeug auf den Boden, schob sich die große Kunststoffbrille ins Haar und ging einmal um den Stein herum. Sie schüttelte nur den Kopf, seufzte, setzte sich wieder, stemmte die Arme in die Hüfte.

Ich sehe was, was du nicht siehst. Natali fuhr zusammen, schaute zu Christof hoch, hast du mir zugeschaut? Schon eine ganze Weile. Natali stand auf und zog sich die Schutzbrille vom Kopf. Ich weiß nicht, sie schüttelte Staub und ganze Alabasterstückchen aus ihren Haaren, das ist einfach nur ein Ungetüm, im besten Fall ein Fabeltier. Aber Kunst, sie runzelte die Stirn. Christof nahm die Schutzbrille in die Hand. Solange du dem Stein nicht diese Taucherbrille überziehst und behauptest, das wäre Kunst, ist die Welt in Ordnung.

Deine Welt vielleicht. Du kannst schon lachen, du hattest gerade deine Einzelausstellung. So meinte ich es nicht, Christof wurde wieder ernst, und mir gefällt dein Stein, ehrlich. Ich weiß nicht. Seit dem Vorkurs habe ich nie mehr etwas ausgestellt. Dieser Stein wäre das Erste, was die Leute von mir sehen. Natali drehte ihre Schuhspitze im hellen Schutt hin und her.

Und ob du den Stein ausstellst. Die Leute von der Galerie wollen dich bei der Gruppenausstellung unbedingt dabeihaben, vor allem Francesca. Christof nahm die Meißel in die Hand, einen um den anderen, verglich die Gewichte, die Schärfe der Kanten. Und ich möchte auch gerne mit dir zusammen ausstellen.

Natali stieß ein Schnauben aus, das einem Lachen glich, dann setzte sie sich wieder auf den Hocker vor dem Alabaster. Eigentlich denke ich eher darüber nach, wieder abzusagen. Sie sagte es mehr zu ihrem angehauenen Stein, ich habe kaum Zeit, für nichts, wir mussten Abi einen eigenen Wohnungsschlüssel geben, damit sie selbst in die Wohnung kann, dabei ist sie noch ein Kind. Christof legte die Eisen hin, Abi ist bestimmt stolz auf ihren Schlüssel. Er kam auf Natali zu, du kannst diese Ausstellung nicht absagen. Seit ich dich kenne, wünschst du dir, an einem anderen Ort als in deiner Kirche auszustellen. Er blieb stehen, ist alles in Ordnung?

Natali stand wie versteinert mitten im Raum. Christof zog die Zigarettenschachtel aus der Hosentasche, komm, lass uns rauchen, er öffnete das Fenster. Nur langsam kam Natali angeschlichen, blieb einen Schritt zu weit von ihm entfernt stehen, als dass er ihr hätte Feuer geben können. Sie blickte auf Christofs Hand, ging wie ferngesteuert näher und ließ sich eine Zigarette anzünden. Sie nahm einen tiefen ersten Zug, einen zweiten, bis schließlich doch alles wieder ein wenig weicher wurde.

Wahrscheinlich solltest du deine Kunst ernster nehmen, Christof sagte es mit Nachdruck. Natali nickte nur, starrte auf den Boden, und erst, als er weiterredete, schaute sie ihn an. Und wahrscheinlich solltest du auch die Sache mit Kristin ernster nehmen. Natali fuhr sich mit dem Zeigefinger die Braue entlang, als wollte sie ihren eigenen Ausdruck erkunden. Ich nehme die Sache mit Kristin viel zu ernst.

Sie rauchte weiter, wenn ich das alles zu Ende denke, ihre Stimme kratzte, sie schüttelte den Kopf, das geht doch nicht. Christof stützte sich am Fensterbrett ab. Ich weiß, sagte er, das sehe ich schon. Natali nahm sich noch eine Zigarette. Manuel würde niemals zulassen, dass ich die Kinder aus der Kirche nehme, aber ich kann sie auch nicht dort zurücklassen.

Vom Seeufer kam ein Windstoß, erfasste die Servietten, die Rosalie auf der Decke ausgelegt hatte. Tobias erwischte sie mit einem einzigen Griff und legte sein Taschenmesser darauf. Rosalie lachte ihm zu, nahm den Käse aus dem Korb, was hast du denn alles mitgebracht, das gibt ja ein Festessen.

Er klemmte die Weinflasche zwischen die Knie, zog am Korkenzieher, roch daran. Natürlich, sagte er und deutete mit dem Kinn auf den Picknickkorb, da sind Weingläser drin, und ein Gläschen Hummus, du hast das in Israel so gern gegessen. Rosalie stellte alles auf die Decke, rückte näher zu Tobias und umarmte ihn. Er drehte sein Gesicht zu ihr und ließ sich küssen. Dann goss er Wein in beide Gläser. Auf uns, sagte Rosalie, und sie küssten sich noch einmal. Sie rissen Stücke vom langen Brot ab, tauchten sie in das Glas mit Hummus, legten Käse und Oliven und Schinken und Tomaten darauf, tranken Wein, blickten auf den See. Rosalie stand auf und holte einen Pullover aus ihrer Tasche. Es ist gar nicht mehr so warm, sagte sie, dabei habe ich noch die Badesachen mitgenommen. Es ist September, Tobias goss Wein nach und aß ein großes Stück Käse ohne Brot.

Manuel hat uns für nächsten Freitag zum Essen eingeladen. Manuel?, fragte Rosalie. Ja, du hast doch nichts vor an dem Abend? Nicht, dass ich wüsste, sie zog sich den Pullover über. Tobias schaute Rosalie an, was ist nicht gut? Nichts, ich bin nur irritiert, dass Manuel dich einlädt. Er hat uns eingeladen, nicht mich. Schon klar, aber dass er es dir sagt und nicht mir, oder uns beiden, und dass Natali mir nichts gesagt hat.

Das spielt doch keine Rolle, es muss nicht immer alles von den Frauen organisiert sein. Tobias zog Rosalie näher zu sich hin, diese Zeiten sind vorbei, findest du nicht? Er strich ihr eine Strähne aus dem Gesicht, ich glaube, Manuel kann ganz gut kochen. Ich weiß, Rosalie wackelte mit den Zehen, jedenfalls besser als Natali. Tobias nickte und fragte, frierst du an den Füßen? Sie schüttelte den Kopf, noch nicht, und schmiegte sich an ihn. Sie blickten auf den See, wie das Wasser mit nachlassendem Licht wilder wurde, wie die Vögel sich ins Wasser stürzten und mit einem Fisch im Schnabel wieder aufstiegen.

Vielleicht könnten wir sie dann gleich fragen, ob sie unsere Trauzeugen sein wollen. Das möchtest du doch, dass Natali deine Trauzeugin wird? Rosalie lachte und verschluckte sich, leerte ihr Glas und legte es neben sich ins Gras. Klar doch. Tobias räusperte sich. Rosalie schaute zu ihm hin. Sie sah, wie sein Adamsapfel auf und ab rutschte, sie stutzte, ich meine, wir sind noch nicht einmal verlobt. Tobias hatte seine Hände in die Taschen seiner weiten Hose geschoben, bewegte seine Hände darin, als würde er nach etwas graben. Das kann sich schnell ändern, sagte er und zog aus der einen Hosentasche ein kleines Samttäschchen hervor. Rosalie guckte auf dieses Beutelchen. Tobias hatte seine Hand ausgestreckt, einzelne Stellen auf der Handinnenfläche wurden hellgelb, so muss man einem Pferd den Zuckerwürfel hinhalten, wenn man nicht in die Hand gebissen werden will.

Tobias lächelte Rosalie aufmunternd an, das ist für dich. Sie nahm das Täschchen, löste den Knoten und ließ sich den Ring auf die Hand rollen.

Gefällt er dir? Rosalie nickte, ja, sie nickte weiter, ja, er gefällt mir, und jetzt erst schaute sie Tobias wieder an.

Na, Tobias setzte sich Rosalie gegenüber, schob das eine Bein unter dem ihren hindurch, das andere stellte er darüber, freust du dich?

Rosalie schluckte und nickte gleichzeitig, natürlich, ja, aber es geht mir alles ein bisschen schnell. Er nahm ihre Hand, nahm den Ring aus Rosalies Handfläche und streifte ihn über ihren Ringfinger. Dann fasste er sie mit den Fingern sachte am Kinn und schaute ihr in die Augen. Sie linste zu ihrer Hand mit dem leuchtend goldenen Ring, ich muss mich einfach zuerst daran gewöhnen. Das ist verständlich, sagte er und nahm sie in die Arme. Ich hatte schließlich Vorsprung, er drückte sie, weil ich schon so lange wusste, dass du zu mir gehörst.

Natali blies sich die Haare aus der Stirn, schob die Schutzbrille ins Haar, betrachtete die Plastik. Heute hatte sie nur ganz behutsame Eingriffe vorgenommen, hier eine Kante geschärft, da etwas abgenommen, und damit war sie fast so etwas wie zufrieden.

Sie lockerte ihre Finger, massierte mit den Daumen die Handflächen, schabte über die raue Innenseite am kleinen Finger, die schmerzte und geschwollen war. Es bildete sich bereits Hornhaut, wenn sie weiter am Stein arbeitete, würde sich an ihrer linken Hand bald dieser Höcker wölben, wie ihn die Kursleiterin gehabt hatte, und Tom, über Natalis Gesicht flog ein spöttisches Lächeln. Sie holte den Besen, kehrte den Schutt zusammen, wischte einmal mit dem groben Lappen alles feucht auf und rollte die Werkzeugtasche ein.

Auf dem Fahrrad hustete sie trocken, die Augen brannten, der Staub lagerte sich überall ein. Sie schloss das Rad ab, holte die Post aus dem Briefkasten, blätterte beim Treppensteigen die Sendungen durch. Ein Brief war an Abi adressiert, von der Musikschule. Natali zog ein Messer aus der Küchenlade und öffnete den Umschlag, las das Schreiben, strich den Brief glatt und legte ihn auf den Tisch. Dann stellte sie sich unter die Dusche und spülte Schuttsplitter und Staub aus ihren Haaren.

Sie tropfte Öl auf die Hand und massierte sich ein. Im Spiegel war gut zu sehen, dass ihre eine Brustwarze etwas seitlicher stand als die andere. Natali horchte auf, öffnete die Badezimmertür. Abi, hier bin ich, rief sie, kämmte ihre Haare und zog die Unterwäsche an. Sie küsste das Kind, das niederkauerte und seine Schuhe platzierte. Dann ging sie ins Schlafzimmer und schlüpfte in ihre Kleider.

Komm mal her, Abi. Sie zog ihre Tochter auf die Knie, die laden dich zum Vorspielen ein. Abi nahm das Blatt in die Hand, guckte sich das Schreiben an, drehte es um, las nochmals. Und jetzt drückte sie sich an ihre Mutter, küsste sie überallhin ins Gesicht, zog in der Aufregung ihre Mundwinkel weit nach hinten, dass die ganze untere Zahnreihe sichtbar wurde. Die meinen wirklich mich.

Wen denn sonst. Du sollst da vorspielen mit den Kindern, die schon viel länger spielen als du. Abi nickte nachdenklich, dann umschlang sie ihre Mutter nochmals, das macht nichts, dass die schon länger spielen. Das macht gar nichts, Natali drückte ihr Mädchen, im Gegenteil.

Abi nahm den Zettel wieder in die Hand, las alles nochmals genau durch und hob schließlich den Kopf, aber Mama, darf ich überhaupt mitspielen? Wieso denn nicht? Natali stand schon am Kühlschrank, worin die Reste vom Vorabend standen, und entwarf im Kopf das Abendessen. Da steht, dass es an einem Sonntag ist.

Natali schloss den Kühlschrank und legte ihrem Kind die Hand auf den Kopf. Klar darfst du mitspielen, das ist eine große Ehre.

Papa! Abi rannte in den Korridor. Manuel fing sie auf und rotierte mit ihr einmal um die Achse, stellte sie ab und warf einen Blick in die Küche, was ist hier los? Die beiden Erwachsenen schauten sich einen Moment an, bevor Manuel seine Frau auf die Wange küsste. Abi streckte ihrem Vater den Brief mit beiden Händen entgegen, ich darf mitspielen.

Manuel nahm das Blatt, setzte sich, nickte anerkennend. Unsere Große, eine Künstlerin, wie die Mama. Natali lehnte an der Küchenabdeckung und beobachtete, wie ihre Tochter angespannt die Hände knetete. Manuel legte den Brief auf den Tisch. Das ist an einem Sonntag, Liebes, sagte er und streckte seinen Arm nach Abi aus. Aber Abi blieb stehen, wo sie stand, schaute auf den Boden, und als ihr schließlich doch eine Träne auf die Hände fiel, drehte sie sich weg, steuerte aus der Küche und rannte in ihr Zimmer.

Natali verschränkte die Arme. Manuel stand auf, was soll man machen, sagte er und las das Schreiben nochmals durch. Dann legte er es weg, du brauchst heute nicht zu kochen, ich habe frische Pasta mitgebracht.

Gut. Natali setzte Wasser auf, stellte Gläser auf den Tisch, Teller und Besteck, und da erst fragte Manuel endlich, was hast du denn mit Abi besprochen?

Ich habe ihr gesagt, dass sie mitspielen darf, und dass ich stolz bin auf sie. Ich bin auch stolz auf sie, aber solche Dinge müssen wir zusammen bereden, bevor du den Kindern etwas versprichst.

Natali rührte mit der Kelle im Wasser, das noch längst nicht kochte, öffnete den Kühlschrank. Was mache ich bloß mit all den Resten? Sie nahm den Käse heraus, du hast wirklich Unmengen gekocht. Ich hatte gedacht, Tobias würde viel mehr essen, und Rosalie ist halt immer auf Diät. Manuel zog die eine Braue hoch, aber darauf achtete Natali jetzt nicht.

Manuel nahm den Salatrest aus dem Kühlschrank. Den sollten wir heute essen, der verdirbt uns sonst. Du hast gestern auch gesehen, wie gut die beiden zusammenpassen, oder? Natali schaute in den Topf, weil Tobias gesagt hat, dass Rosalie die wunderbarste Frau der Welt ist, als sie kurz auf dem Klo war? Aber klar, wenn du meinst. Einzeln stiegen erste Blasen im Wasser hoch, sie holte den Deckel aus der Schublade und setzte ihn auf die Pfanne.

Er ist einfach schrecklich verliebt. Manuel legte seine Hand an Natalis Seite. Aber Rosalie passt schon zu ihm, er tastete sich ein wenig vor. Sie wandte sich ab, bevor seine Fingerspitzen den Ansatz ihrer Brust erreichten, du lenkst vom Thema ab.

Manuel schnitt die Packung auf und schüttete die Pasta ins kochende Wasser. Ich spreche mit dem Pfarrer, sagte er und gab zwei Löffel Salz in den Topf, ob wir für Abis Konzert eine Ausnahme machen wollen. Sie hat noch etwas Zeit, sich anzumelden, das Konzert ist erst im Winter.

Schmeckt es dir? Manuel legte Abi die Hand auf den Kopf. Sie nickte tief über ihrem Teller. Ich mag die Pasta, rief Suli und streckte den Teller zu Natali hin, ich will noch mehr! Bitte, sagte Manuel, und Suli gab ihm ihren Teller mit beiden Händen, ich will noch mehr, bitte. Jetzt strich Manuel auch Suli über den Kopf, und sie schmiegte sich an ihn und fragte, Papa, warum darf Abi am Sonntag nicht spielen?

Der Sonntag ist heilig, Manuel schaute seine jüngere Tochter ernst an, da sollen wir nur das machen, was wirklich notwendig ist. Tobias hat gesagt, dass Jesus am Sonntag die Ochsen gefüttert hat, sagte Abi und verschränkte ihre Arme gleich wieder. Das ist wahr, rief Suli, das Kind war ganz aufgeregt, das hat er wirklich gesagt. Du meinst, dass wir dich auch am Sonntag füttern sollen, obwohl du nicht einmal ein Ochse bist? Suli stopfte sich eine ganze Teigtasche in den Mund und kniff Manuel in den Arm. Er lachte und löste ihre Finger, Mama und ich sprechen nochmals mit dem Pfarrer und schauen, wie wir das machen wollen. Wenn, dann gehen wir alle zusammen zu Abis Konzert. Da rutschte Abi von ihrem Stuhl, kletterte auf Natalis Knie und sagte, vielleicht ist es besser, wenn ich am Sonntag in die Sonntagsschule gehe.

Manuel strich Abi durchs Haar, das ist auf jeden Fall besser, aber das Konzert ist auch gut. Vielleicht können wir für einmal eine Ausnahme machen. Abi hob nur leicht die eine Schulter, drehte sich zu ihrer Mutter um und fragte leise, darf ich in mein Zimmer gehen? Manuel schaute ihr hinterher, zog die Brauen hoch und schickte Suli ins Bad, putz schon mal die Zähne, es ist bald Zeit fürs Bett.

Natali ließ Abis Schlafzimmertür einen Spalt offen. Sie schaltete die Spülmaschine ein, kochte Teewasser, ganz sicher war sie nicht, ob das Kind wirklich schlief.

Ich nehme noch ein Bier, Manuel öffnete den Kühlschrank, kommst du mit auf den Balkon? Natali zog ihre Wolljacke an. Sie schloss die Augen, nur einen Moment, bevor sie Atem holte, sich aufrichtete und Manuel nach draußen folgte. Er schob ihr einen Stuhl hin, und kaum hatte sie sich gesetzt, sagte er, ich habe mir Gedanken gemacht. Sie goss ihre Teetasse voll, blies auf das heiße Getränk. Ich auch, sie sagte es nur nebenher. Er räusperte sich und begann zu reden, wegen des Rauchens. Natali stellte ihre Tasse ab.

Ich trinke auch gern Alkohol, und wenn du gerne rauchst, dann mach es, solange du nicht übertreibst. Natali wollte etwas erwidern, blickte ihn an, aber er fuhr weiter, natürlich bin ich nicht begeistert davon, dass du nie mit mir darüber gesprochen hast. Aber wenn du während der Schwangerschaften wirklich nicht geraucht hast, hast du dich unter Kontrolle. Sie nahm ihre warme Tasse wieder in beide Hände, hielt sie nah an sich. Die Abendsonne leuchtete von der Seite in Manuels Haar, einzelne Haare schimmerten weiß in seinem dichten dunklen Schopf.

Ich würde nur gern abmachen, dass du nicht vor den Kindern rauchst. Oder noch lieber, dass sie es gar nie erfahren. Er legte seine Hand auf ihr Knie, und dass wir einander in Zukunft solche Dinge wieder erzählen. Natali schaute in ihren Tee, lau war er jetzt, und so dunkel wie die Tasse selbst. Manuel ließ Natalis Knie los, mir ist von diesem Streit noch etwas anderes nachgegangen. Dass du das mit deinem Vater gesagt hast. Du weißt, dass ich nicht so bin.

Natali leerte die Tasse, stellte sie auf den Tisch und tippte Manuels Hand an, Entschuldigung. Sie fuhr mit den Fingerkuppen über seinen Handrücken, sachte, mechanisch, immer wieder. Ihre andere Hand lag verkrampft in ihrem Schoß, die Nägel stanzten Kommas in die Handlinien.

Manuel nahm Natalis Hände in seine, ist mit uns alles wieder gut?

Ja, sie sagte es und hörte, dass ihre Stimme fest war. Manuel zog sie näher heran, küsste ihre Stirn, dann bin ich froh. Wegen Abis Konzert frage ich gleich morgen den Pfarrer, was er meint. Ich sehe schon, wie wichtig es euch ist.

Sie schauten in den Park hinaus, schwiegen, der Brunnen plätscherte. Das war früher auch so gewesen, dass sie zusammen still sein konnten. Manuel lehnte sich zurück, wenn ich rauchen würde, wäre das jetzt ein Moment dafür. Er linste zu Natali hin.

Natali seufzte, bevor sie sagte, ich weiß nicht recht, ob ich wirklich Trauzeugin der beiden sein will. Aber Rosalie ist deine Freundin. Eben, Natali betastete ihre Hände, ein wenig schmerzte die anschwellende Hornhaut. Ich sehe einfach nicht, warum Tobias zu Rosalie passen sollte. Es will mir nicht in den Kopf, dass es plötzlich gut sein soll, und so schnell. Sie soll sich doch einfach Zeit lassen und nicht sofort ans Heiraten denken. Menschen verändern sich, worauf sollten sie denn warten, wenn sie sich sicher sind. Manuel warf Natali einen Blick zu, Rosalie ist halt eingeknickt, weil kein anderer da war. Manuel! Natali war empört, aber er lachte, das war nur ein Scherz. Sie schüttelte den Kopf, in diesem Fall ist der Kern Wahrheit ein bisschen groß. Du sagst es also auch, er nahm wieder ihre Hand und führte sie an seine Lippen, fasste Natali mit zwei Fingern unter dem Kinn. Er holte ihr Gesicht näher zu sich heran, fuhr in ihre offenen Haare, legte den Kopf ein wenig schräg, stellte auch die Brauen schief, so, wie er es immer schon getan hatte. Und da machte sie mit, schüttelte nur kurz nochmals den Kopf, um die stummen Dinge aufzuwirbeln, aber es wurde ihr bloß schwindelig, und sie ließ es bleiben. Manuel stand auf, nahm sie an der Hand und führte sie durch das Wohnzimmer hindurch. Etwas breit setzte sie ihre Schritte auf, als ginge sie auf einer geflochtenen Brücke hinweg über ein tiefes Tal.

Kristin stellte den Einkaufskorb auf die Ablagefläche. Sie legte alles aufs Band, zuerst das Gemüse, dann die Milchprodukte und den ganzen Rest. Sie holte das Telefon aus der Tasche und ging in der App ihre Einkaufsliste durch. Was auf dem Band lag, löschte sie, ein paar wenige Produkte kaufte sie nicht im Supermarkt. Der junge Mann an der Kasse scannte alles ein, ließ sich dabei Zeit, und als er endlich zu Kristin aufschaute, klingelte ihr Telefon. Eigentlich klingelte es nicht, sie hatte es auf lautlos eingestellt, aber der Bildschirm leuchtete auf, so lange, bis Natali am anderen Ende auflegte oder die Meldung bekam, dass die Person, die sie angerufen hatte, nicht erreichbar sei.

Kristin schaute noch immer auf den Bildschirm, als sich der junge Mann räusperte. Sie legte das Telefon in ihre Tasche und bemerkte erst jetzt, dass im Einkaufskorb noch diese Seife lag, Flüssigseife mit Grapefruitduft. Sie legte sie aufs Band, der junge Mann erfasste sie und zog sie durch den Laser, dabei hatten weder sie noch Natali den Grapefruit Longdrink besonders gemocht.

Ist das alles?, fragte der junge Mann und schaute wieder auf. Kristin überlegte kurz, ich brauche noch eine Schachtel Zigaretten. Der Verkäufer stand auf, trat ans Gestell, das nur für ihn erreichbar war, welche möchten sie denn? Sie blickte durch das Plexiglas auf die verschiedenen Handelsmarken, scannte sie einmal von links nach rechts, kurz fiel ihr Blick auf die hochprozentigen Spirituosen, ein Regal weiter unten. Der junge Mann stand da, ihr zugewandt, blickte sie höflich an, den Arm in die Höhe gestreckt. Entschuldigung, doch nicht, sagte sie und kramte nach ihrer Geldbörse. Er ließ sich in seinen Drehstuhl fallen und druckte die Quittung aus. Kristin sammelte rasch den Rest ein, hängte sich über beide Schultern eine Stofftasche, nickte dem jungen Mann zu. Sie musste sofort weg von hier, was sollte sie mit dieser blöden Seife, und warum wollte Natali anrufen, es war alles gesagt. Mehr als alles.

Gleich hinter der Drehtür stellte sie ihre Einkäufe ab und nahm das Telefon doch wieder aus der Tasche. Sie stand vor dem Supermarkt, hielt das Gerät in der Hand, hier bestimmt nicht, sie wollte nicht hier mit Natali sprechen, inmitten der Menschen, die ihre alltäglichen Besorgungen machten. Sie wollte das Gerät überhaupt weglegen, abschütteln, da leuchtete es schon wieder auf.

Kristin ging an der Tiefgarage vorbei und setzte sich hinter dem Supermarkt auf eine Bank. Eine Frau saß da und hielt Zeitschriften feil. Kristin kaufte ihr eine ab, schob sie in die Tasche, schloss die Augen. Ihr Herz raste. Warum rief jetzt auch noch Marlen an. Sie schaltete das Telefon aus, stand auf und schlich zur Bushaltestelle.

Haben alle ihre Bleistifte gespitzt? Natali schaute in die Klasse, die Kinder blickten zu ihr nach vorn, ein paar wenige nickten. Dann prüfe ich sie einzeln, wenn nicht alle antworten können. Natali ging von Bank zu Bank, tippte mit dem Zeigefinger bei jedem Bleistift die Spitze an. Haltet eure Radiergummis hoch. Natalis Blick ging von Hand zu Hand, sie trat auf ein Kind zu, hast du keinen? Der Junge schüttelte den Kopf. Ich gebe dir meinen, den gibst du mir nach der Prüfung zurück. Morgen hast du deinen eigenen dabei.

Natali seufzte und wandte sich wieder der Klasse zu. Wer während des Tests einen Spitzer oder sonst etwas braucht, aber nicht dabeihat, streckt auf, dann bringe ich es. Alles klar? Sie verschränkte die Arme, blickte über die Köpfe der Kinder, die nach vorn guckten, als ginge sie das alles nicht viel an. Natali teilte die Prüfungsbögen aus.

Dann lehnte sie sich an die Schrankwand, überschaute die Klasse. Das Mädchen, das beim letzten Test keinen Spitzer gehabt hatte, hob den Kopf. Es guckte zu seiner Freundin und verdrehte die Augen. Natali räusperte sich, mit den beiden wollte sie sich nicht anlegen, sie wollte nicht schon wieder Ärger mit ihren Eltern.

Natali wechselte die Position, ging gefassten Schrittes nach vorn, stellte sich neben ihren Schreibtisch, immer mit verschränkten Armen, nur die Finger der rechten Hand hatte sie tief in den linken Oberarm gekrallt. Sie schluckte, wollte sich beherrschen, und auch ablenken wollte sie sich. Aber womit. Kristin hatte nicht geantwortet. In der Pause hatte sie bereits nachgeschaut, sie konnte nicht im Unterricht aufs Telefon schielen, die Kinder würden das bemerken und zu Hause erzählen. Sie würde ohnehin für sich sein wollen, um zu lesen, was Kristin antwortete. Wenn sie denn antwortete. Natali seufzte. Ein paar Kinder guckten erschrocken auf, Natali winkte ab, nein nein, sie klang heiser, die Zeit ist nicht um. Sie versuchte, die Kinder anzulächeln, aber das Lächeln blieb ihr wie eine Grimasse im Gesicht kleben.

Sie ging einmal um das Klassenzimmer herum, schaute allen über die Schulter, atmete bei jedem Schritt tief ein und aus. Sie schaute sich die Kinder genau an, konzentrierte sich, aber kaum war sie auch nur eine Spur unaufmerksam, begann sie zu schwitzen, an den Händen, an der Stirn, und ihr Herz schlug zu schnell. Was war in sie gefahren, gestern, dass sie Kristin so eine Nachricht aufgesprochen hatte, als wäre sie ein Teenager, ich vermisse dich wirklich sehr.

Ich geh schon mal die Kinder holen. Manuel legte Natali die Hand auf die Schulter, wir bleiben noch mit meiner Mutter zum Kirchenkaffee, einverstanden? Natali nickte, in Ordnung. Die Leute im Saal fassten nach ihren Taschen und Jacken, begrüßten sich, überall standen schon kleine Grüppchen zusammen. Die meisten kamen knapp zum Gottesdienst, Zeit für Gespräche gab es danach genug. Natali schaute sich um, wo sie sich dazugesellen könnte.

Musst du schon wieder los? Der Pfarrer kam auf sie zu, streckte ihr beide Hände entgegen. Nein, wir bleiben heute zum Kirchenkaffee. Wunderbar, weißt du, dieser Austausch tut uns allen gut, er ist wichtig für die Gemeinschaft. Natali legte sich den Pullover über den Arm, sie hatte ihn ausgezogen, weil es warm geworden war im Saal.

Manuel hat bei mir angerufen, diese Woche. Der Pfarrer trat näher und hüstelte einmal tonlos in seine Faust. Ich wollte dir noch persönlich sagen, dass es auf jeden Fall gut ist, wenn ihr gemeinsam in Abis Konzert geht. Bestärkung ist wichtig für ein Kind, solche Erlebnisse schweißen euch als Familie zusammen. Natali nickte und räusperte sich, aber der Pfarrer sprach weiter, und wer weiß, vielleicht spielt Abi später hier im Gottesdienst Klavier. Dann haben wir alle etwas davon. Ja, wer weiß, Natali wollte den Pullover überziehen, sie fröstelte, jemand hatte die hinteren Fenster geöffnet. Und wie sie sich den Pullover über den Kopf zog, hörte sie die handwarme Stimme des Pfarrers, und du kannst zum Ausgleich wieder einmal eine Predigt halten, warum nicht gleich mit deiner Theologin zusammen.

Natali stieß die Fäuste aus den Ärmeln des Pullovers. Sie starrte diesen Mann an, der in seinen weichen Lederschuhen vor ihr stand. Was fällt dir eigentlich ein.

Sie packte ihre Tasche, die noch immer auf dem Stuhl lag, wo sie gesessen hatte, spannte sich die Kordel eng um die Schultern, was glaubst du eigentlich, dass du über das Leben von anderen Menschen bestimmen kannst. Natali war laut geworden, sie drehte sich ab, ließ den Prediger stehen, ging an den gruppierten Mitmenschen vorbei, die schnell wegschauten, und ließ die Tür hinter sich zufallen.

Christof schob Natali den Aschenbecher hin. Ist es möglich, dass du geglaubt hast, es wäre etwas anderes, weil Kristin kein Mann ist? Natali legte ihre Zigarette hin und putzte sich die Nase. Vielleicht, schon möglich. Sie schüttelte den Kopf und rauchte weiter, aufhören zu weinen konnte sie trotzdem nicht. Christof versuchte, ihren Worten zu folgen, du denkst, dass Manuel mit den Kindern absichtlich erst am Nachmittag nach Hause gekommen ist, um den Leuten in der Gemeinde zu zeigen, dass nicht er das Problem ist? Natali zuckte nur die Schultern, dann nickte sie, ja. Wahrscheinlich genau deswegen.

Sie stützte die Stirn auf der Hand ab, rauchte weiter, redete weiter, ich hatte erst zu Hause gesehen, dass er mehrmals versucht hatte, anzurufen. Aber als ich zurückrief, ist er nicht rangegangen. Ihre Zigarette brannte langsam ab, Aschenkroketten lösten sich. Christof schob ihr den Aschenbecher gerade rechtzeitig hin.

Wir haben uns angeschrien wie noch nie. Natali schüttelte den Kopf, die Kinder waren völlig verstört. Und dann habe ich ihm einfach alles gesagt. Ich weiß nicht, warum.

Dass Manuel in der Stube geschlafen hat, ist egal, meinte Christof. Wichtig ist, dass die Kinder nicht hineingezogen werden. Natali lachte auf, wie soll ich das anstellen, dafür müsste ich in dieser Kirche bleiben. Sie hielt inne, ich weiß wirklich nicht, ob ich da noch bleiben will. Leise sagte sie es, fast stimmlos.

Aber wahrscheinlich kann ich das nicht. Sie schaute in die Leere, als sähe sie dort, wie ihr Leben sich nun weiterwinden würde. Erst nach einer langen Weile kam sie zurück, fuhr zusammen, als hätte sie Christof überall gesucht und wäre nun doch erstaunt, ihn gefunden zu haben. Sie zündete sich eine nächste Zigarette an, wischte sich die Tränen am Ärmel ab, zog an der Zigarette, schnell, aber flach, wie zum Trotz.

Ich habe keine Ahnung, was Manuel jetzt tut. Heute Morgen ist er sehr früh raus. Er ist aus allen Wolken gefallen. Und hat ständig wiederholt, dass für ihn alles gut gewesen sei, immer. Natali schüttelte den Kopf. Er macht es sich einfach, stellte Christof mehr für sich fest, aber Natali schaute ihn lange an, bevor sie nickte, wahrscheinlich schon. Ich bin dann alleine in den Wald, und als ich zurückgekommen bin, war die Stubentür geschlossen und die Kinder im Bett.

Sie erhob sich und schüttete die Asche in den Abfalleimer. Als ich Abi heute Morgen wecken wollte, lag Suli bei ihr im Bett. Ich habe nicht einmal gehört, wie sie das Zimmer gewechselt hat. Dabei habe ich kaum geschlafen. Christof stand auch auf, räumte die Tassen weg, holte den Lappen, um den Tisch zu putzen, aber bevor er damit anfing, hielt er inne. Natali stand mitten im Raum, und als er sicher war, dass sie ihn hören konnte, sagte er, du sagst jetzt aber nicht die Ausstellung ab. Sie schüttelte nur den Kopf, normalerweise kommt Suli zu mir, wenn sie aufwacht, weil sie Angst hat, in der Nacht.

Natali setzte den Schlüssel. Die Tür war nicht abgeschlossen. Sie trat ein, schaute kurz in die Küche, kühl war sie. Als sie sich umdrehte, stand Manuels Mutter hinter ihr, in den Schuhen, ihren leichten Mantel hatte sie sich über den Arm gelegt.

Wo ist Manuel? Natali schaute nochmals in die Küche, als könnte sie ihn zuvor übersehen haben. Die Schwiegermutter hielt ihren Mantel fest, er ist heute nicht hier. Natali stemmte die Hände in die Hüfte, das kann ich sehen, aber danke. Sie ging an Manuels Mutter vorbei, achtete nicht einmal darauf, sie nicht zu berühren.

Und was macht ihr zwei? Abi versuchte, Bilderbücher in den Rucksack ihrer kleinen Schwester zu stopfen. Suli stand daneben und blickte zu Natali. Abi hilft mir, sagte sie und stampfte mit ihren Fäustchen in die bunte Wolljacke, die zuoberst aus dem Rucksack quoll und ganz offensichtlich keinen Platz mehr fand.

Natali drehte sich Richtung Flur. Manuels Mutter war ihr gefolgt, sie hob die Augenbrauen und damit ihr ganzes Gesicht, ich kann auch nichts dafür. Und noch leiser sagte sie, mir tut es auch leid. Was tut dir leid? Natali war laut geworden. Und ihr sagt mir sofort, was ihr in eure Rucksäcke packt, sie ging auf die Mädchen zu. Abi zerrte die Wolljacke aus dem Rucksack und ließ sie auf den Boden fallen. Sie stand vor ihrer Mutter, wie auf frischer Tat ertappt, Mama, wir gehen zu Oma.

Natali schaute die zwei kleinen Menschen an, deren Konturen wie ausgeschnitten wirkten. Sie bewegten sich kaum, bis die Großmutter über die Türschwelle trat und einen verstohlenen Blick auf ihre Armbanduhr warf. Die beiden Frauen schauten sich in die Augen, bevor Manuels Mutter mehrmals fast mit dem ganzen Gesicht blinzelte und herausbrachte, wir hätten weg sein wollen, wenn du nach Hause kommst.

Natali ging ins Bad. Sie setzte sich auf den Wannenrand, klammerte sich mit beiden Händen daran fest, atmete tief ein und aus, schwankte mit dem ganzen Körper. Da hörte sie, wie Suli durch das Türblatt hindurch ihren Namen sagte. Sie gab sich einen Ruck, erschrak über ihr eigenes Bild im Spiegel, hielt sich am Spülbecken fest. Die Zahnbecher waren leer.

Es klickte leise, wie die Tür von außen zugeschoben wurde und das Schloss einrastete. Natalis Hände sanken kraftlos, eben noch hatten sie auf den Köpfen ihrer Kinder gelegen. Sie wandte sich um, der leeren Wohnung zu, tat ein paar Schritte gegen das Schlafzimmer hin, schaute auf das ausgeweidete Bett. Das war kein Platz für sie.

Drei Anrufe in Abwesenheit. Kann man nicht einfach warten, bis man zurückgerufen wird. Kristin schaltete das Telefon aus. Sie würde Marlen morgen zurückrufen, so wichtig konnte es nicht sein. Wobei. Kristin stand mitten in der Wohnung, mit Elianes Stimme im Kopf, als sie das Kind verloren hatte. Es hat gespürt, dass du uns nicht liebst. Kristin wählte Musik, irgendeine, die sie an nichts und niemanden erinnerte, und stellte sie viel zu laut.

Irgendwann ging sie ins Bad und wusch sich die Hände. Der säuerliche Fruchtgeruch der Seife stieg ihr in die

Nase, ins Gehirn, löste ihren Verstand. Sie nahm das Telefon, schaltete es wieder ein, wartete, und als es funktionsbereit war, hörte sie Natalis Nachricht ab, zweimal, zum hundertsten Mal.

Was sollte sie denn antworten. Nichts gab es zu sagen, was irgendetwas hätte verändern können.

Wie von außen gesteuert putzte sie die Zähne, bürstete die Haare und trug Gesichtscreme auf. Sie nahm die dickflüssige billige Fruchtseife, schüttete sie ins Klo, bis sich nur noch schwere Tropfen lösten und dem Porzellan entlang hinabrutschten. Sie gab Wasser in die Flasche, schüttelte sie und goss auch diesen schaumigen Rest ins Abwasser, stauchte die Flasche zusammen und warf sie in den Eimer. Bis am nächsten Morgen müsste sich der Grapefruitduft verzogen haben.

Natali ging zur Tür, nahm die flache Schachtel entgegen und überwies den Betrag direkt mit dem Telefon. Sie trug die Pizza ins Wohnzimmer, öffnete die Fenster und schüttelte die Kissen auf. Seit Tagen war sie nicht mehr in der Stube gewesen, nach dem Streit hatte Manuel den Raum belegt. Sie trank ein großes Glas Wasser, goss sich Wein ein, verschlang dazu Stück um Stück, schleckte sich die Finger ab, dann schluckte sie die kleine Pille. Auf dem leeren Kartonboden klebten ein paar welke Rucolablätter, vom Öl getränkte orange Linien skizzierten noch die zerschnittene Pizza.

Natali rollte sich auf dem Sofa zusammen. Viel zu schnell hatte sie alles aufgegessen, der Käse lag ihr jetzt schon schwer im Magen. Sonst hatten sie zu viert zwei Pizzas geteilt. Sie schlief ein.

Natali rieb sich das Gesicht, nickte ins Telefon. Ja, ich bin zu Hause, sagte sie und richtete sich auf. Doch, es geht mir gut, ich habe nur geschlafen, sie blickte auf die Uhr, es war erst halb acht. Und wie geht es dir? Natali schabte mit den Füßen auf dem Boden, du willst jetzt noch hierherkommen? Sie stand auf, ging ans Fenster, guckte hinaus, es war fast dunkel. Du kannst schon kommen, aber nicht zu lange, ich muss morgen früh aufstehen.

Natali legte auf. Weitere Nachrichten hatte sie nicht erhalten, schon den ganzen Tag nicht. In der Küche stand die halb volle Weinflasche. Sie trank ein Glas Wasser. Dann stellte sie die eingetrockneten Reste vom Mittag in den Kühlschrank, räumte das Geschirr vom Frühstück in die Spülmaschine, eine Tasse, ein Messer, ein Teller.

Komm rein, sie machte die Tür ganz auf. Rosalie schlüpfte aus den Schuhen und streckte ihr eine Flasche Wein entgegen. Natali stieß Luft aus, ich habe schon Wein getrunken, aber komm, es hat noch welchen.

Wie geht es dir? Rosalie sah Natali kaum an, sie saß da, die Knie aneinandergepresst, die Hände zwischen die Oberschenkel geschoben. Was soll ich sagen, Natali schaute auf den Wein in ihrem Glas und schwenkte es. Manuel hat mich angerufen, begann Rosalie, und weil Natali nichts sagte, fuhr Rosalie fort, er hat mir gesagt, du bist krank. Krank? Ja, und dass er mit den Kindern zu seiner Mutter gefahren ist, um dich zu schonen.

Ich bin krank?

Rosalie biss sich auf die Lippen. Ich glaube, er hat gesagt, es geht dir nicht so gut. Ja, das hat er gesagt, dass es dir nicht gut geht. Und ob ich mich ein wenig um dich kümmern könnte.

Und er kann das nicht?

Sich um dich kümmern?

Er trägt dir auf, sich um mich zu kümmern?

Was soll ich denn tun, ich mache mir Sorgen, sagte Rosalie. Natürlich habe ich ihn gefragt, warum er sich nicht selbst um dich kümmern kann, aber er meinte, jemand muss zu den Kindern schauen.

Verstehe. Natali holte Luft und atmete dann tief aus, klar.

Rosalie schaute betreten, was ist klar?

Also. Natali stand auf und stellte sich ans Fenster. Ihr Gesicht spiegelte sich, draußen war es dunkel geworden. Rosalie blieb sitzen und schaute auf diesen Rücken, diese Schultern, die schmal waren, sich hoben und senkten. Dann drehte sich Natali um. Manuel hat dich hierhergeschickt, weil er will, dass ich dir sage, was mein Problem ist.

Rosalie war erleichtert, als Natali weiterredete. Und das Problem ist, dass ich mich in Kristin verliebt habe.

Rosalie schoss auf, kam zu Natali hin, das ist doch manipulativ.

Was ist manipulativ? Natali erschrak über ihre Lautstärke. Rosalie blieb unbeirrt, dass er mich zu dir schickt. Du kannst selbst entscheiden, was du mir sagen möchtest.

Natali betrachtete Rosalie, erfasste ihr Gesicht, keine Regung entging ihr. Denkst du das wirklich? Rosalie schüttelte den Kopf, natürlich denke ich das wirklich.

Natali schaute in die Ferne und sprach langsam, erinnerst du dich, ganz am Anfang, als ich in eure Kirche kam, und du mich mehrmals gefragt hast, ob ich mit dir in deinen Bibelkreis kommen wolle, weil ihr neue Leute sucht?

Rosalie nickte, lange, beinahe unmerklich, bevor sie aufschaute und Natali in die Augen sah. Ja, ich erinnere mich. Und dann musste ich dir von den anderen ausrichten, dass du doch nicht in unseren Bibelkreis passt, vom Stil her.

Eine trockene, staubige Stille legte sich über das Wohnzimmer. Die Deckenleuchte gab viel zu helles Licht ab. Die beiden Frauen blickten gleichzeitig auf das Foto, das Manuel und Natali mit je einem Kind auf dem Arm zeigte. Ich kann das doch nicht aufgeben, Natali sprach noch langsamer, als läge ihr alle Last auf der Zunge, das ist mein ganzes Leben. Rosalie trat näher, fuhr Natali über den Arm, von der Schulter bis zum Handgelenk, zwei-, drei-, viermal. Du musst das nicht aufgeben. Es gibt immer einen Weg, auch wenn man ihn nicht sieht.

Natalis Mundwinkel zitterten, sie nickte, schloss nur kurz die Augen und schluckte hörbar, aber du und Tobias, das bleibt so?

Rosalie wandte sich ein wenig ab, strich mit dem großen Zeh, der in einer dunklen Socke steckte, über den Teppich. Sie nickte, ich denke schon.

Ja. Natali nickte auch und wiederholte, ja. Rosalie schaute Natali an und fuhr nur zögerlich fort, wegen der Hochzeit. Sie bewegte ihre leeren offenen Hände auf und ab, als wollte sie ein Gewicht ermitteln. Wegen der Hochzeit schauen wir einfach später, die ist erst im nächsten Sommer. Rosalie nahm sich zusammen und sagte den ganzen Satz in einem Atemzug, es ist aber möglich, dass jemand von deiner Familie an der Hochzeit sein wird.

An der Tür zögerte Rosalie nochmals und blieb stehen, Natali. Natali trug die Gläser in die Küche, ja? Wenn ich ehrlich bin, bin ich froh, Rosalie brach ihren Satz ab. Natali runzelte die Stirn, worüber denn? Weißt du, als Manuel mir am Telefon gesagt hat, dass es dir nicht gut geht, dachte ich als Erstes, dass er eine andere Frau hat. Natali rückte mit dem Kopf ein wenig vor, wie um besser zu verstehen. Da winkte

Rosalie eilig ab, vergiss es, sie schlüpfte in die Jacke, vergiss es einfach.

Natali drückte auf die Klingel und trat ein paar Schritte zurück. Efeu kletterte an der Fassade hoch, umrankte die Balkone, nur einer war davon befreit und ragte nackt aus dem Gemäuer.

Die Klinke senkte sich. Suli schob sich hinter der schweren Tür hervor und rannte die drei Stufen herab. Natali hob das Kind hoch, drückte es an sich, und als Abi zur Tür herauskam, ging sie in die Knie und streckte den freien Arm nach ihrer größeren Tochter aus. Abi fuhr ihrer Mutter mit den Fingerspitzen über die Wangen, und Suli tat es ihr nach. Zwanzig kleine Fingerbeeren tippelten über Natalis Gesicht.

Mama ist gekommen, rief Suli der Großmutter zu, die oben an der Treppe stand. Ich weiß, habt es schön im Wald. Das werden wir. Natali stand auf und nickte ihrer Schwiegermutter zu, die auf der untersten Stufe stehen geblieben war. Es ist gut, dass du dich gemeldet hast, sie wischte ihre Hände an der Hose ab, ich habe nicht wissen können, dass ihr diesen Kindernachmittag schon so lange geplant habt. Natali zurrte den Rucksack fest und fasste ihre Kinder an je einer Hand. Dann bis später, wahrscheinlich. Die Großmutter hob die Hand, ließ sie wieder sinken, ja, sagte sie, bis später. Aber ich weiß auch nicht, was jetzt gilt. Die beiden Frauen standen sich gegenüber, sie hätten sich berühren können, wenn nur eine den Arm ausgestreckt hätte. Schließlich schlug Manuels Mutter die Hände zusammen, dass es fast ein Klatschen war, und sagte, mehr kann ich halt nicht machen.

Suli zog an Natalis Hand und Abi schaute zu ihrer Oma, dann wieder zu ihrer Mutter hoch. Natali hielt beide Kinder fest an den Händen. Ja, sagte sie, das weiß ich, und es rutschte mehr aus ihr heraus, mir ist das doch auch zu viel.

Suli, Abi, helft auch mit, ein paar Tannzapfen zu suchen. Natali schichtete Reisig zu einem Dreieck auf, stopfte Brennwolle dazwischen, umstellte die kleine Pyramide mit gröberen Hölzern. Sie zündete ein Streichholz an, steckte es in den Turm, blies hinein, da schoss auch schon die erste Flamme hoch. Die Mütter brachten Holz, schleppten ganze Äste herbei, manche waren viel zu feucht. Rasch brannte das Feuer, und ein paar Frauen wärmten sich die Hände. Natali suchte Steine zusammen, legte sie im Kreis um die Flammen, packte die Kekse aus dem Rucksack, die Alufolie, die Süßigkeiten.

Tills Mutter rieb die Hände, bei uns macht immer mein Mann Feuer, ich kann das nicht. Sie schob einen dicken Ast unter die Hölzer, Moos klebte daran, feuchter Rauch qualmte auf. Natali hustete, blickte in die Flammen und sagte, ich liebe es, Feuer zu machen. Sie spießte ein paar Marshmallows auf einen dünnen Haselstecken, wickelte Schokoladenstücke in Alufolie und legte sie auf einen Stein, der warm, aber nicht zu heiß war, und schaute sich um. Die meisten Kinder spielten im Gehölz Verstecken. In den bunten Jacken und Stiefeln waren sie hinter den Baumstämmen und im Unterholz leicht auszumachen. Abi hatte sich neben Suli auf einen der Steine gesetzt.

Ihr wisst genau, was es jetzt gibt, lachte Tills Mutter, als sie die beiden Mädchen beisammen sah. Sie rief nach den anderen Kindern.

Natali schaute in die hellen Flammen, diese kurzen kleinen Leben, auf die immer gleich ein nächstes folgte. Sie nahm Kekse, strich weiche Schokolade und geschmolzene Zuckermasse hinein und reichte ihren Kindern die süßen Sandwiches. Suli aß es sofort auf. Abi hielt das klebrige Zeug in der Hand, stand auf und fiel ihrer Mutter um den Hals. Mama, flüsterte sie ihr ins Ohr, du musst auch zu Oma kommen. Sie presste sich an ihre Mutter, drückte ihr fast die Luft ab und ließ sie erst los, als die anderen Kinder aus dem Wald herbeigestolpert kamen.

Stellt euch schön in eine Reihe. Tills Mutter ging zwischen die drängelnden Kinder. Die anderen Mütter kamen hinzu, die kriegen alle einen Zuckerschock, sagte eine. Tills Mutter lachte beipflichtend, ach, sagte sie dann, es sind Kinder, und hier im Wald kriegen sie genug Sauerstoff ab.

Natali kniete bei der Feuerstelle am Boden. Sie schwitzte, wie Schwimmhäute klebte das süße Zeug zwischen ihren Fingern. Sie musste aufpassen, dass sie sich nicht verbrannte, und dass ihr keines der Kinder auf die Hände stand aus lauter Gier.

Wisst ihr überhaupt, warum diese Dinger Smores heißen? Tills Mutter reichte die Erklärung sofort nach, Kinder in Amerika lieben dieses Dessert und wollen immer noch eines und rufen, I want some more! Und weil sie genauso ungeduldig sind wie ihr, sagen sie nicht einmal den Satz fertig und rufen bloß: Smores! Ein paar Kinder lachten, und eines der Größeren begann sofort, Smores! zu rufen, Smores!, bis alle mitsangen und die ganze ungeduldige Warteparade auf und ab hüpfte und nach immer noch mehr Zucker schrie.

Natali schwindelte, als sie endlich aufstand. Drei Kinder standen noch in der Reihe und zogen lange Gesichter.

Es hat nichts mehr, sagte sie, ich habe alles verteilt. Tills Mutter fuhr die enttäuschten Kinder an, ihr habt alle schon zwei gehabt, mindestens, und die drei verzogen sich in den Wald.

Für eine Weile war den Müttern das Rufen und Lachen, das bis in die Lichtung vordrang, Kontrolle genug. Natali konnte die einzelnen Finger kaum voneinander lösen, goss Wasser darüber, versuchte, die Hände mit einem Taschentuch abzutrocknen, aber jetzt klebten auch noch Papierfetzen daran. Sie bückte sich und nahm eine große Handvoll Erde auf, um damit den Schmutz abzureiben.

Jemand hatte Kaffee mitgebracht und füllte ihn in Becher. In einer Tupperware-Box war Rohkost in Haushaltpapier aus Bienenwachs eingewickelt, das Gemüse war unberührt geblieben. Natali suchte nach Erde, die sandiger war, ihre Hände waren ganz rau, aber wenigstens klebten die Finger nicht mehr zusammen. Nimm davon, Tills Mutter hielt ihr eine große Flasche Desinfektionsmittel hin, damit kriegst du alles sauber.

Die Frauen schauten abwechselnd nach den Kindern, tranken Kaffee, eine Box mit Vollkornkeksen wurde herumgereicht. Man muss mit den Kindern so oft wie möglich in den Wald, sagte eine Mutter, ich würde um keinen Job der Welt darauf verzichten. Mir sind meine Tage im Büro schon heilig, meinte Tills Mutter und schaute zu Natali. Na ja, warf eine der Frauen ein, das Geld, das ich dazuverdienen würde, müssten wir gleich für die Kinderbetreuung ausgeben. Natali nagte mit den Zähnen die letzten Papierfetzchen von ihren Fingern, und eine Mutter von drei Kindern schloss das Gespräch ab, jede Frau muss für sich entscheiden, ob sie ihre Kinder fremdbetreuen lassen will.

Die Frauen packten alles zusammen, riefen die Kinder herbei und ließen sie vorausrennen. Natali trat das Feuer aus, machte eine letzte Runde und sammelte liegen gebliebene Aluschnipsel ein.

Tills Mutter wartete vor der ersten Wegbiegung. Weißt du, sagte sie, als Natali sie erreicht hatte, ich bewundere schon, wie du alles unter einen Hut bringst. Ach, Natali winkte ab, und Tills Mutter sprach leiser weiter, wir beide haben schon auch Glück mit unseren Männern, die uns mit den Kindern und im Haushalt unterstützen. Weiter vorne waren die anderen Frauen stehen geblieben und warteten auf die beiden. Tills Mutter brachte ihren Satz rasch zu Ende, Kinder brauchen vor allem Vertrauenspersonen, das müssen nicht immer die Mütter sein.

Hier sind Tücher fürs Bad, sag, wenn du noch etwas brauchst. Christof ließ sich aufs Sofa fallen, öffnete eine neue Bierdose und schob Natali die Weinflasche hin.

Sie zog das eine Bein an, nahm ihren Fuß in die Hände, massierte sich den Ballen. Sie seufzte, vor einer Woche war alles noch gut. Ach ja? Christof hob nur leicht die eine Augenbraue. Ich weiß, sagte Natali, ich weiß, und füllte ihr Glas doch wieder auf.

Marine kommt noch vorbei, habe ich das gesagt? Natali setzte sich aufrecht, aber du sagst mir, wenn ich euch störe. Hör auf damit, Christof erhob sich und kam mit einer Schale Knabbereien aus der Küche zurück. Er schob sich ein paar Nüsse in den Mund, Hauptsache, wir können dich davon abhalten, morgen in deine Kirche zu gehen. Natali nahm ein paar Nüsse auf die Hand, pickte sie einzeln auf, du findest also, er soll mir das auch noch wegnehmen können?

Also, Christof kaute weiter auf seinen Nüssen, wenn du dort hingehst, wird Manuel darüber bestimmen, wie es sein wird, zwischen euch, mit den Kindern, alles. Natalis Blick glitt fahrig durch den Raum. Christof fixierte sie und redete weiter, wenn du nicht hingehst, hast du immerhin das selbst entschieden. Und außerdem, er ließ sie nicht aus den Augen, hast du selbst gesagt, dass du da nicht mehr hingehen möchtest. Natali saß versunken da, wie weggetreten, schaute in die Leere, reagierte auch nicht, als es klingelte. Erst als Marine ins Wohnzimmer trat, fing sie sich wieder.

Christof ging in den Keller, um eine neue Flasche zu holen. Natali strich sich die Haare aus der Stirn, versuchte zu lächeln, es tut mir leid, dass ich euch den Abend verderbe. Marine runzelte die Stirn, du verdirbst uns nichts, und außerdem sind dir gerade deine Kinder entführt worden. Sie nahm sich eine Faustvoll Nüsse aus der Schale.

Aus Natali brach ein Schluckauf hervor, sie musste husten und hielt die eine Hand an ihren Hals und die andere vor den Mund, als könnte sie damit alle Geräusche einfangen. Danke, sagte sie und holte Luft, schwieg dann aber doch, als würde sie außer dem nächsten Schluckser nichts mehr erwarten. Marine machte auf dem Tischchen Platz für die Schälchen, die Christof brachte, und putzte von Hand die Brosamen zusammen. Sag uns bitte, wenn du Unterstützung brauchst, und fuhr fort, ich muss dir wahrscheinlich nicht sagen, dass es illegal ist, was dieser Mann macht.

Natali fuhr mit dem Zeigefinger über eine Stelle auf dem Sofa, raute einen Streifen im Stoffbezug auf. Marine setzte sich neben sie und legte ihr die Hand auf den Arm. Erst da schaute Natali auf, sah Marine an, dann Christof. Ich habe nicht die Kraft, mich zu wehren. Sie saß zwischen den beiden, bis doch die Wut wieder aufbrach und Natali laut wurde. Was nimmst du mir denn noch alles weg, hat Manuel gesagt, dieser armselige Hiob.

Natalis Kopf schmerzte, es blendete sie, als sie die Augen öffnete. Sie lag auf dem Rücken, zog die Decke über das Gesicht. Erschöpft war sie. Kirchenglocken läuteten. Natali zählte mit, setzte sich ruckartig auf, blinzelte, schüttelte den Kopf. Dann schaute sie sich im Raum um, suchte nach dem Telefon, zehn war längst vorbei. Sie hatte eine neue Nachricht erhalten, ihr Herz schlug durch. Aber es war Manuel, der ein Bild geschickt hatte. Suli und Abi, von hinten, in der Straßenbahn. Ohne Kommentar. Sie schaute die beiden kleinen Rücken an, die Schultern, die Frisuren. Suli hatte keine Frisur. Sollte sie Manuel zurückschreiben, aber was, und was tat sie hier, ohne die Mädchen. Und was tat Manuel, ohne sie, den ganzen Sonntag. Sie ließ das Telefon sinken, ansonsten war es leer, ohne weitere Nachrichten, nur die Uhrzeit zeigte es an. Kristin stand bestimmt auf irgendeiner Kanzel. Reden schwingen, das konnte sie.

Natali erschrak über das Schrillen der Hausglocke, obschon sie das Klingeln erwartet hatte. Sie drückte den Türöffner, trat einen Schritt zurück, legte die Hand auf die Klinke. Dann ging sie doch in die Küche, setzte sich, nahm die Zeitung, las kaum die Schlagzeilen. Als sie lauen Tee eingoss, öffnete sich endlich die Wohnungstür.

Manuel betrat die Küche, in den Schuhen, den Schlüssel hielt er in der Hand. Sie faltete die Zeitung zusammen, wischte ein paar Brosamen vom Tisch, willst du auch Tee? Gern. Manuel zog seinen Kittel aus und legte ihn auf die

Küchenzeile, ich habe aber nicht viel Zeit. Natali schob sich mitsamt ihrem Stuhl etwas zurück, danke, dass du gekommen bist.

Manuel blickte auf ihren Scheitel, ihre Hände, sie knetete die Finger. Natali hob den Kopf, aber ihre Blicke verfehlten sich, wie Magnete, die verkehrt herum zusammengefügt werden. Sie erhob sich.

Lange blieben sie in der Umarmung stehen, sprachen nicht miteinander, hielten sich nur aneinander fest. Manuel küsste Natalis Haare, wie ein Flüstern. Hast du sie wieder gesehen? Er fasste Natali an den Schultern, suchte Augenkontakt. Sie schüttelte den Kopf. Aber? Nichts aber. Natali löste sich, wandte sich ab, ihr Kiefer mahlte. Aber was, Manuel redete lauter als zuvor. Gar nichts, Natali fuhr herum, sie hat nicht mehr geschrieben, reicht dir das?

Manuel leerte seine Teetasse im Stehen, stellte sie auf den Küchentisch, ich muss noch ein paar Dinge zusammensuchen. Er nahm den Kittel von der Abdeckung, zog die Schuhe im Korridor aus, bevor er ins Schlafzimmer ging. Natali konnte hören, wie der Schrank geöffnet wurde. Sie setzte sich, nahm ihre Tasse in beide Hände, rührte sich nicht, folgte nur seinen Geräuschen, wie er in das eine Kinderzimmer ging, dann in das andere, schließlich ins Bad. Das Wohnzimmer ließ er aus.

Also, Manuel stand an der gleichen Stelle wie zuvor, nur in Socken. Ich geh jetzt. In der rechten Hand hielt er seine vollgestopfte Tasche, zuoberst schaute eine der farbigen Wolljacken hervor. Wollten wir nicht reden, Natali stellte ihre Worte in den Raum, ohne ihnen den Klang einer Frage hinzuzufügen. Manuel hob die Schultern, so gut das ging, unter dem linken Arm klemmte Sulis Stoffhase. Die Ohren baumelten unter seiner Achsel hervor, der Kopf war mitsamt Nase und Mund eingequetscht.

Der kriegt so keine Luft, Natali deutete mit dem Kopf auf das Plüschtier. Manuel zog ihn heraus und stopfte ihn in die Tasche, griff nach seinem Kittel. Dann sag, worüber du sprechen willst.

Der Hintern des Hasen lugte hervor, der Stummelschwanz verdeckte nur knapp die Nähte, die die Stoffbahnen der Läufe und des Bauches zusammenführten. Blume, man nennt den Hasenschwanz auch Blume. Manuel starrte Natali an, was sagst du? Sie schüttelte den Kopf. Entschuldigung, ich war abgelenkt. Sie stand auf, stellte beide Tassen in die Spüle, ich weiß auch nicht, was sagen. Manuel blickte sie noch immer an. Er hob die Augenbrauen, dann schob er sich mit eckigen Bewegungen in seinen Kittel hinein. Die Kinder streiten ständig und schlafen dann doch jede Nacht im gleichen Bett, weil sie Angst haben in der Dunkelheit, meine Mutter ist völlig erschöpft und außerdem Witwe, aber du hockst hier, weißt nicht, was du zu all dem sagen könntest, und wartest lieber auf eine Nachricht von deiner Freundin. Manuel nahm sein Gepäckstück. Melde dich, wenn du was zu sagen hast.

Was war das für eine Sitzung? Marlen streckte ihre Beine aus, über dem Bauch schob sie die Finger ineinander. Den Korbstuhl hatte sie so ausgerichtet, dass ihr die Sonne ins Gesicht schien.

Kristin und Marlen hatten vom ersten Sauser bestellt, Wespen kletterten in den Krug hinab. Kristin wedelte mit dem Bierdeckel, ich berate eine psychiatrische Klinik in seelsorgerischen Fragen. Sie unterbrach sich, holte vom Gedeck am Nebentisch eine Gabel und fischte eine Wespe aus dem jungen Wein heraus, du dummes Geschöpf. Dort koordiniere ich die seelsorgerische Betreuung. Das Problem ist aber, dass die Klinik keine Imame oder Rabbis einstellen will. Und warum nicht? Marlen hatte die flache Hand auf ihr Glas gelegt und versuchte, eine Wespe von ihrem Finger zu pusten.

Es wird Toleranz von den Klienten erwartet, Seelsorge sei Seelsorge, sagen sie, vordergründig, aber eigentlich geht es ums Geld. Wobei ich glaube, dass ich sie vielleicht umstimmen könnte. Der Leiter hat gemeint, er würde darüber nachdenken, als ich ihm gesagt habe, dass christlich denkende Menschen auch nicht unbedingt einen Imam zum Seelsorger haben wollen. Und für so etwas hast du die Geduld? Marlen schnippte nach dem Kellner, können wir nochmals einen Krug bestellen? Dafür werde ich bezahlt, sagte Kristin, und wenn es etwas bewirkt, umso besser. Marlen leerte ihr Wasserglas, und was macht man sonst noch so, als freischaffende Theologin?

Der Kellner goss den hellroten Wein ein. Nur noch halb voll, bitte, Kristin machte eine abwehrende Handbewegung. Komm schon, das trinken wir zusammen, sagte Marlen zu Kristin und zwinkerte den Kellner an.

Im Moment bereite ich einen Semesterkurs vor, für zukünftige Lehrpersonen von Religion und Kultur. Und die unterrichten das dann an der Grundschule? Oder auf höheren Stufen, je nachdem, die meisten sind schon älter und machen diese Zusatzausbildung. Weil niemand mehr Religion unterrichten will? Mag sein, sagte Kristin, aber solche Weiterbildungen sind für mich interessant, weil die Leute etwas ganz anderes mitbringen als junge Studierende. Klingt gut. Marlen lehnte ihren Kopf an die Stuhllehne, echt jetzt, dass die Leute in dieser Klinik glauben, es kommt nicht darauf an, welcher Religion ein Mensch angehört, zu dem man in die Seelsorge geht.

Ich glaube, sie dachten sogar, sie wären fortschrittlich, wenn sie überhaupt Seelsorge anbieten. Marlen lachte, klar doch, und die Pfarrerin ist das Feigenblatt. Sie verdrehte die Augen und legte eine gespielte Förmlichkeit in ihre Stimme, ich persönlich habe auch nichts gegen Homosexuelle. Ich habe sogar ein schwules Paar im Freundeskreis. Kristin lachte, aber Marlen wurde sofort wieder ernst, solche Sätze höre ich ständig, es ist exakt die gleiche Denkstruktur.

Die Spätsommersonne schien auf den Platz, richtig warm war es, Kristin zog ihren Pullover aus. Wie geht es eigentlich deiner Schwester? Ich habe seit der Hochzeit nichts mehr von ihr gehört. Ach, die ist glücklich verheiratet, das hast du gut gemacht. Das freut mich, Kristin nahm das Glas näher zu sich, trank aber nicht. Doch, es geht ihr wirklich gut, erzählte Marlen, es sind sogar einige der Karten, die an der Hochzeit mit den Ballons verschickt wurden, angekommen, was die zwei für ein gutes Zeichen halten. Sie denken darüber nach, ein Haus zu kaufen, und werden bestimmt schon bald das erste Kind haben. Aber ehrlich gesagt finde ich das gut. Für mich bedeutet es Freiheit. Dass du keine Kinder haben musst? Ja, so muss ich den Eltern keine Enkel schenken und kann mein Leben führen, wie ich will. Marlen zögerte zum ersten Mal, und sie haben immer einen schrägen Vogel in der Familie, der ihnen beweist, dass sie ganz normal sind. Deine Großmutter und die Tante kamen mir nicht unbedingt vor, als richteten sie sich nach Konventionen. Marlen nickte, da hast du recht, aber weißt du, die Rollen sind trotzdem verteilt.

Eine Weile redeten sie nicht, schauten einem Fahrrad hinterher, in dessen Speiche ein trockenes Blatt hängen geblieben war, das bei jeder Radumdrehung einmal raspelte.

Marlen trank ihr Glas leer und füllte beide Gläser frisch auf. Sie setzte sich gerade hin, atmete aus, holte Luft. Sag mal, meine Chancen bei dir sind wirklich klein, ja?

Kristins Nacken blockte. Sie biss auf die Stockzähne, presste die Lippen zusammen, nur ganz kurz. Ja, sie nickte und sagte ein zweites Mal, ja.

Das ist ein Nein?

Kristin blickte auf die Tischplatte, nicht einmal Wespen waren noch da. Es tut mir leid, sagte sie, und dann, ja, es ist ein Nein.

Marlen kratzte sich neben dem Ohr. Okay, sagte sie, nickte ein paarmal, okay. Sie spielte mit dem Bierdeckel, knickte die eine Kartonecke ab, dann die gegenüberliegende, und als sie alle vier Ecken abgeknickt hatte, legte sie ihre Ellbogen auf den Tisch und schob die Finger ineinander. Gibt es jemand anderes?

Kristin stieß den Atem durch die Nase aus. Nein.

Sie konnte die Reserve in Marlens dunklen Augenwinkeln sehen, also, nicht wirklich, dann brach sie ab.

Erzähl doch, kurz hob Marlen die Hand, zog sie aber zurück, noch bevor sie Kristins Arm berührt hatte.

Kristin schaute Marlen in die Augen, es gibt jemanden, aber da läuft nichts. Sie ist verheiratet, hat zwei schulpflichtige Kinder, einen Mann, und außerdem steckt sie tief in einer Freikirche.

Kristin trank einen großen Schluck, sie hat deutlich gesagt, dass sie bleiben will, wo sie ist. Und mir dann doch wieder geschrieben, sie vermisse mich.

Marlen fasste nach dem zerfaserten Bierdeckel und knubbelte mit ihren Fingern am Karton herum. Wo lernt man so jemanden überhaupt kennen?

Das ist schon eine Weile her. Bald ein Jahr, an einer Weiterbildung für Lehrkräfte, Kristin stockte.

Marlen war aufgestanden. Sie durchstöberte ihre Geldbörse, warf einen Schein auf den Tisch, er war viel zu groß. Schön, dich getroffen zu haben, wirklich, ihre Augen flackerten, gut zu wissen, dass du ein wenig Ablenkung brauchtest. Jetzt weiß ich auch, warum du mich so lange vertröstet hast und dir zu schade warst, mich auch nur ein einziges Mal zurückzurufen. Marlens Tasche verfing sich in der Stuhllehne, sie schaute sich nicht um, als der Stuhl zu Boden krachte. Kristins Zunge schmeckte nach Salz.

Haben Sie noch einen Wunsch?, fragte der Kellner, nachdem er den Stuhl wieder aufgestellt hatte.

Sie schlafen. Manuel setzte sich zu seiner Mutter an den Wohnzimmertisch. Das ist gut, sie wandte sich zu ihm. Manuel, sie sprach mit der Stimme einer Mutter, deren Kinder erwachsen geworden sind, geh doch das nächste Mal wieder zum Tennisspielen. Und meine Kinder werden nur noch von ihrer Großmutter ins Bett gebracht? Manuel schob die Zeitung weg, die vor ihm lag, in der er aber noch keine Zeile gelesen hatte. Ja, antwortete seine Mutter, ich kann die Kinder gut ins Bett bringen.

Siehst du denn nicht, dass sie immer im gleichen Bett schlafen? Natürlich sehe ich das. Und es macht mir Sorgen, dass Suli diese Ängste hat, sie schaute ihren Sohn eindringlich an, die Brille saß ihr tief auf der Nase. Ich sehe das alles, aber ich kann sie trotzdem ins Bett bringen. Und dir würde es guttun, spielen zu gehen. Was glaubst du denn, das ist doch nicht so einfach. Manuel war aufgebracht, ich war gestern Abend schon weg, ich kann die Kinder nicht auch noch alleine lassen. Ich sage weder das eine noch das andere. Ich meine nur, du sollst auch zu dir schauen. Das ist alles. Und gestern warst du nicht weg, du hast nur nach dem Abendessen ein paar Sachen für die Kinder geholt. Manuel schnaubte, dann war ich eben gestern nicht weg. Aber ich kann nicht alles dir überlassen, schon gar nicht, seit die Kinder ständig streiten. Die zwei streiten sich nicht ständig, wirklich nicht. Kinder streiten eben manchmal. Mutter, Manuel wurde wütend, sie haben sich noch nie so viel gestritten. Hör endlich auf, alles herunterzuspielen. Du bist selbst überfordert, mit den beiden, mit den Hausaufgaben und überhaupt mit allem, man muss nicht immer so tun, als wäre man allem gewachsen. Jetzt übertreibst du. Ich habe nichts heruntergespielt, ich sehe doch, wie schwer alles ist. Ich sage nur, man muss zu sich selbst schauen, gerade deswegen.

Und wie soll ich zu mir schauen, wenn die Mutter meiner Kinder zu Hause hockt und auf Nachrichten einer Lesbe wartet? Manuel sackte auf den Stuhl. Und du hockst hier und weißt noch nicht einmal, worauf du wartest. Manuels Mutter stand auf. Ich gehe jetzt schlafen, sagte sie, morgen ist ein neuer Tag.

Manuel blieb sitzen. Er ließ die Schultern hängen, alles hat sie mir weggenommen, wirklich alles.

Kristin hielt ihr Gerät in der Hand, schluckte zweimal leer. Nicht, dass sie sich hatte melden wollen. Es traf sie trotzdem. Marlen hatte sie blockiert.

Im Dunkeln legte sie sich auf der Veranda in den Liegestuhl und las die alten Nachrichten nochmals durch. Meistens hatte Marlen zuerst geschrieben, und sie nur geantwortet, aber längst nicht immer. Vielleicht, aber nein, diesen Gedanken verwarf sie sofort. Sie hatte Marlen gesagt, woran sie war. Kristin wollte das Telefon endlich zur Seite legen, aber da kam es doch über sie. Sie hörte sich die Nachricht erneut an, und noch einmal, vergrößerte mit zwei Fingern einer Hand das neue Profilbild, das nur wieder das alte war. Natali sah glücklich aus, glücklicher, als sie klang, auf dieser tagealten Sprachnachricht.

Kristin las ihre Nachricht nicht einmal mehr durch, bevor sie sie abschickte. Den Rechtschreibfehler entdeckte sie erst, als es zu spät war, aber es war ihr egal, es fehlte nur ein n, sie schickte keine Korrektur hinterher. Sie schaltete das Telefon aus und ging ins Bett, wo sie tief und fest schlief, worüber sie am anderen Morgen selbst ganz erstaunt war.

Sie kamen gleichzeitig um die Ecke. Rosalie trug ihre hellblaue Bluse, dazu keinen Schmuck, nur den Ring. Wollen wir uns hier setzen? Natali ging auf einen Tisch zu, auf dem eine leere Weinkaraffe stand.

Es gibt frischen Sauser, Rosalie deutete auf das Kärtchen auf dem Tisch, wollen wir uns eine Karaffe teilen? Natali strich sich mit den flachen Händen über das Gesicht, ich sollte weniger trinken, aber gut. Du schaust müde aus, Rosalie hob die Brauen, steil standen sie ihr im Gesicht. Ich weiß, Natali nahm den Bierdeckel, der auf dem Tisch lag, alle vier Ecken waren abgeknickt. Sie schabte mit dem Nagel die Kartonkanten glatt, nickte, ich bin müde. Und ich weiß auch, warum. Aber du schaust schon zu dir? Ich trinke zu viel, und die Kinder fehlen mir. Aber was soll ich tun. Ich esse gesund, gehe viel an die frische Luft, nehme ein Medikament, also ja. Die beiden schauten dem Kellner zu, wie er die Karaffe abstellte, die schmutzigen Gläser abräumte, den Tisch mit einem feuchten Lappen putzte. Zuletzt legte ihm Natali den angefressenen Bierkarton aufs Tablett. Er lächelte sie an.

Was für ein Medikament? Eines, das dafür sorgt, dass ich nicht in ein Loch falle. Und dass ich besser schlafen kann. Aber ein Happy Button ist es nicht. Natalis Stimme wurde brüchig, ich habe wieder diese Ängste. Rosalie verfolgte jede einzelne Bewegung ihrer Freundin, hast du Kontakt mit Manuel? Sie legte eine Hand flach auf den Tisch, als würde sie sie bereitlegen, um einzugreifen, zu helfen, wenn es nötig wäre. Natali schüttelte den Kopf. Das heißt, er hat ein paar Dinge geholt, nachdem ich ihn gebeten hatte, vorbeizukommen. Aber geredet haben wir eigentlich nicht. Natali sprach leiser, hat er etwas zu dir gesagt?

Nein, Rosalie nahm ihre Hand vom Tisch.

Weiß er, dass wir uns heute sehen?

Nur, wenn Tobias es ihm erzählt hat. Die haben sich gestern spät noch getroffen.

Tobias und Manuel? Ja, Rosalie nickte.

Okay, sagte Natali gedehnt, hat Manuel etwas gesagt?

Ich war nicht dabei. Tobias hat nur erzählt, dass Manuel meinte, du solltest mit deiner Familie reinen Tisch machen.

Natali nickte. Hat er also seine Meinung geändert. Sie schaute zu Rosalie hin, oder vielleicht war das schon immer seine Haltung.

Rosalie stemmte die Ellbogen auf die Tischplatte, verschränkte die Finger, das weiß ich nicht, und Tobias' Meinung dazu kennst du. Natürlich finden wir, dass ihr einen

Weg miteinander suchen solltet. Rosalie hielt kurz inne, bevor sie sagte, ich möchte nicht die Vermittlerin zwischen euch sein.

Die Vermittlerin?

Ja, Rosalie drückte ihre beiden Daumen gegeneinander, das ist eine Sache zwischen Manuel und dir, die mich nicht betrifft. Ich möchte da nicht mit hineingezogen werden.

Natali trank einen halben Schluck. Aber als Manuel dich zu mir geschickt hat, das fandest du in Ordnung?

Da habe ich überhaupt nicht gewusst, worum es geht. Rosalie verschränkte ihre Arme, ich war schockiert, das kannst du dir denken.

Rosalie nahm ihre Tasche von der Lehne, nestelte darin, holte die Handcreme hervor, zog ihren Ring aus, rieb die Hände ein. Sie verschraubte die Tube, entschuldige, es tut mir leid, aber ich bin mit dieser ganzen Situation überfordert. Wir alle.

Natali blickte einem Fahrrad hinterher, das ein dürres Blatt in den Speichen mitschleifte. Sie schaute ihre Freundin nicht an, als sie sagte, du hast gesagt, dass sich zwischen uns nichts ändern soll.

Rosalie suchte Natalis Blick, warum sollte es. Und dann schob sie nach, selbst dann nicht, wenn wir uns in der Kirche nicht mehr sehen. Aber diese Entscheidung liegt bei dir.

Es war kaum mehr hell, Natali zog sich einen Pullover über, die Borten wärmten ihre Handgelenke. Komm, Rosalie schlug einen Plauderton an, wollen wir nochmals eine Karaffe trinken? Dieser Sauser ist wirklich gut. Sie winkte den Kellner heran und bestellte ein paar Crostini dazu. Die magst du auch, oder?, fragte sie, als der Kellner mit der Bestellung hineingegangen war.

Nur etwas wollte ich dich noch fragen. Rosalie strich ihre Bluse zurecht, hast du von Kristin wieder etwas gehört? Natali blickte in ihr Glas. Dann schüttelte sie den Kopf und sah Rosalie direkt an, nein. Gut, Rosalie schien erleichtert, dann ist ja gut. Warum ist das gut? Natali klang gereizt, ich dachte, du willst damit nichts zu tun haben? Es tut mir leid, Rosalie schaute Natali an, als wäre sie ihre große Schwester. Manuel hat es dir nicht ganz abgenommen.

Verstehe. Natali lehnte ihren Kopf an die Wand, erdschwer war er, und dunkel war es in ihr.

Dann nahm sie alle Kraft zusammen. Sie goss die beiden Gläser voll, trank das ihre in einem Zug leer und hockte sich breiter hin. Sie setzte ein Lächeln auf, das eine ganze Weile noch auf ihrem Gesicht kleben blieb. Erzähl du ein wenig, wie läuft es mit den Hochzeitsvorbereitungen? Rosalies Hände begannen zu tänzeln. Gut, wir waren letzte Woche zum ersten Mal Kleider anschauen.

Mit Tobias?

Nein, der soll das Kleid erst an der Hochzeit sehen. Ich habe aber noch nicht entschieden, ich möchte mich weiter umsehen. Rosalies Augen strahlten, und etwas zögerlicher fuhr sie fort, ich wollte dich fragen, ob du einverstanden wärst, wenn Suli uns bei der Trauzeremonie die Ringe bringt. Warum nicht, aber frag sie einfach, die kann das selbst entscheiden, dafür ist sie alt genug. Also, sie will natürlich. Manuel hat es ihr sogar schon versprochen, aber ich wollte dich trotzdem nicht übergehen.

Und Abi spielt Klavier?

Kann Abi Klavier spielen?

Natali wischte mit der Hand durch die Luft, als könnte sie ihre Worte wegputzen.

Das wäre doch schön, ich spreche mit Manuel, wenn das für dich in Ordnung ist. Rosalie stand auf, legte ihre Tasche auf den Stuhl, ich bin gleich zurück.

Natali schaute ihr hinterher. Dieses Hellblau, und dieser kleine, runde Rücken, Rosalie würde bestimmt ein weit ausladendes Kleid wählen. Sie nahm ihr Telefon aus der Tasche, sie wusste nicht, wie spät es war, es war längst dunkel. Sie öffnete die neue Nachricht, las sie, verstand zuerst nicht, wen Kristin meinte. Wen wir uns sehen. Natali las alles nochmals durch, es war nur ein Schreibfehler. Sie las die Nachricht erneut und ließ das Gerät erst in der Tasche verschwinden, als Rosalie aus der Tür trat und wieder auf ihren Platz zusteuerte.

Leise knisterte der Schaum in der vollen Badewanne. Die Großmutter prüfte die Wassertemperatur. Sie richtete sich auf, massierte diese ewig schmerzende Stelle am Kreuz, dann rief sie nach den Kindern.

Gleichzeitig zwängten sich die Mädchen durch die Tür, wie es nur kleine Menschen können, zerrten sich die Kleider von den Armen, den Beinen, über den Kopf, bis sie nackt dastanden in ihren weichen stämmigen Körperchen. Abi hielt den Zeh ins Wasser, dann den ganzen Fuß, bevor sie abhockte. Nur Suli wartete, mit dem Rücken zur Oma, bis sie sich irgendwann umdrehte, lüpfst du mich nicht hinein?

Die Oma setzte sich auf den Klodeckel. Nein, Liebes, das kann ich nicht. Sie zog das Kind zu sich und küsste es auf die Stirn. Du kannst das auch allein. Abi warf Schaumflocken nach ihrer Schwester, bis eine an ihr hängen blieb. Suli kraxelte über den Wannenrand, blieb im Wasser stehen, legte sich Flocke um Flocke auf den Bauch und schaute zu, wie die Schaumstücke an ihr hinabrutschten.

Oma, du musst auch reinkommen. Abi patschte auf das Wasser, Mama macht das auch immer. Sie schlug ihre Hände auf den weißen Schaum, der aufflog und in der feuchten Luft schwebte, an Omas Bluse hängen blieb. Das ist recht, wenn eure Mama das macht, aber ich bin zu alt dafür. Die Großmutter tupfte mit dem Handtuch den Stoff trocken. Dann schneien wir dich eben ein. Abi warf eine Handvoll Schaum nach der Großmutter und Suli half sofort mit.

Die Großmutter stand auf und schüttelte die Flocken von sich ab. Die Kinder lachten und warfen ganze Handschaufeln voll aus der Wanne, bis die Großmutter wirklich schimpfte, jetzt hört mir aber auf, wer putzt denn das alles.

Papa, rief Suli, und Abi platzte vor Lachen, ja, genau, Papa soll das putzen. Papa ist beim Tennis, und wenn er zurückkommt, will er bestimmt keine Unordnung antreffen. Die Großmutter wollte es energisch sagen, aber lachen musste sie trotzdem. Oma hat recht, Suli muss es machen. Abi schielte zu ihrer Schwester hinauf, die noch immer wie ein nackter Fischer im hohen Wasser stand. Da stampfte Suli wütend auf, bis Wasser auf den Fliesenboden schwappte. Die Großmutter wurde streng, jetzt ist klar, wer es machen muss, wenn du so herumspritzt, Sulamith.

Mir egal. Suli ließ sich ins Wasser plumpsen, verschränkte die Arme und blieb genau so sitzen, während die Großmutter ihr die Haare einschäumte und den Schaum wieder herausspülte. Dann kletterte sie aus der Wanne, riss Abis Tuch vom Haken und wischte damit den Boden trocken. Die Großmutter tauschte einen Blick mit Abi, zwinkerte ihr zu, und als sie auf die Schaumreste deutete, die immer noch an Sulis Rücken hingen, war auch Abi wieder vergnügt.

Natali ließ sich in den Stuhl sinken, der rollte zurück und schwang ein paarmal hin und her. Im Korridor waren noch die letzten Kinder zu hören, dann rannten auch sie die Treppe hinunter. Auf dem Pult lag ein Stapel Hefte, daneben Notizen, Stifte, ein zerbrochenes Lineal, Überbleibsel eines einzigen Schultages, die dokumentiert, eingeordnet oder entsorgt werden mussten.

Natali schaute auf die Uhr. Kurz vor vier. Morgen würde sie nicht mehr wissen, was ihre Notizen bedeuteten, aber das wusste sie auch jetzt nicht. Sie las die Buchstaben einzeln, schaute die Wörter bloß an. Sie holte das Telefon hervor, aber nichts war da, in diesem Gerät auf ihrer Handfläche, worin sich ihr ganzes Leben zusammendrängte. Sie schaltete es aus. Dann nahm sie den Heftstapel, packte die Arbeiten in den Rucksack, schaute nochmals auf das Chaos auf ihrem Pult und ging.

Der Stein war kühl, die Werkzeuge schwer, und der Meißel lag ihr nicht recht in der Hand. Natali knetete ihre Finger, tastete die geschwollene Stelle ab, die in den letzten Wochen wieder kleiner geworden war. Hell stand der Alabaster im Raum. Sie ging um ihn herum, klöpfelte nur sachte mit dem Hammer auf den Meißelkopf, nahm feine Schichten ab, Stückchen splitterten durch den Raum, eines traf das Schutzglas. Natali kniff die Augen zusammen.

Dann schlug sie dem Brocken eine scharfe Kante ab. Den hinteren Bereich des Steins behaute sie grob, mit gezielten starken Schlägen, die waagrecht auf dem Material aufprallten. Brüchige Stellen lösten sich und legten die Steinstruktur frei. Natalis Arme schmerzten. Sie ließ sich auf den alten Stuhl fallen, die Werkzeuge rutschten ihr aus den Händen, das Eisen klirrte. Sie schob sich die Schutzbrille ins Haar, der Raum war voller Staub, auf dem Boden hatte sich eine helle Trümmerlandschaft gebildet. Sie holte sich ein Glas Wasser, ging einmal durch den Schutt um ihre Kreatur herum, dieses Geschöpf, dessen Flächen mit dem Licht spielten, und ihr fiel auf, dass es schön war.

Am Tisch korrigierte sie die Hefte, kam rasch voran, öffnete danach alle Fenster, wischte den Abfall zusammen, nahm den Boden feucht auf. Christof würde heute nicht mehr kommen. Es war dunkel geworden, sie musste nach Hause und morgen früh zur Schule, um aufzuräumen und den Unterricht vorzubereiten. Natali packte die Hefte ein und wusch das Geschirr ab, das sie benutzt hatte. Dann erst schaltete sie ihr Telefon ein, sie wollte bloß kurz diese Nachricht wieder lesen, die sie schon so oft gelesen hatte, Papier wäre vom vielen Auffalten längst weich geworden. Verdammt, Natali schlug sich die Hand vor den Mund. Drei Anrufe in Abwesenheit. Die Schulleiterin hatte zweimal versucht, sie anzurufen, und ihr eine Nachricht geschickt. Diese Sitzung am Nachmittag hatte sie vollkommen vergessen.

Kristin hatte nicht geschrieben, warum sie versucht hatte, anzurufen.

Ich habe es einfach vergessen. Natali schaute die Direktorin an, es tut mir wirklich leid. Das kommt vor, beruhigte die Schulleiterin. Nur war diese Besprechung schon sehr wichtig, der Junge zeigt seit dem ersten Schultag Auffälligkeiten, und du hast dich so um ihn bemüht. Sie setzte sich auf einen der kleinen Kinderstühle. Und jetzt, da wir eine andere Lösung für ihn gefunden haben, vergisst du die Sitzung. Ich fürchte, die Mutter hat das nicht gut aufgenommen, sie ist ihn jetzt los, hat sie gesagt.

Natali schob mit den Fingerspitzen ein Blatt auf dem Pult herum.

Die Schulleiterin betrachtete sie, Natali?

Natali starrte auf das leere Blatt, das vor ihr lag. Erst als die Vorgesetzte mit dem Stuhl näher rückte, schaute sie auf, hat sie das wirklich gesagt?

Die Direktorin lehnte sich wieder zurück. Ja, das hat sie. Aber du weißt, wie Eltern sind, und in diesem Fall geht es offensichtlich um Überforderung. Auf allen Seiten. Natali stand auf. Ich rufe die Frau an und sage ihr, dass es mir leid tut. Das ist sicher gut, die Schulleiterin erhob sich auch und schob den kleinen Stuhl unter die Tischplatte, die ihr knapp übers Knie reichte. Aber sag mal, ist bei dir alles gut?

Natali räumte die Hefte zusammen, schob die Stifte, die auf ihrem Pult herumlagen, zur Seite, sammelte alle Zettelchen ein, auf denen sie tagsüber kleine Notizen festgehalten hatte. Dann erst reagierte sie, nein, bei mir ist gerade nur sehr wenig gut.

Einen Moment lang stand der Satz zwischen den beiden Frauen, in diesem Klassenzimmer, an dessen Wänden Plakate aufgehängt waren zu besonderen Tieren, ihren Merkmalen, ihrem Platz in der Nahrungskette, ihren Überlebensstrategien.

Die Tür schlug auf. Mit offenen Schuhbändeln rannte Abi auf Natali zu, die Kordel ihres Turnsacks blieb an einem Stuhl hängen. Das Kind riss sich los und ließ den Beutel liegen. Mama! Natali fing ihre Tochter auf, Abi, was machst du hier, was ist passiert? Sie hielt das Kind an den Schultern fest, sag doch etwas. Ich habe den Schlüssel verloren. Abis ganzer Körper schüttelte sich, Tränen schossen ihr in die Augen. Ihre Fäuste waren klein und hart und die Knöchelchen standen weiß hervor. Natali zog das Kind an sich. Komm, Liebes, es ist alles gut. Sie strich Abi über die Haare, welchen Schlüssel hast du verloren? Den von dir, jetzt kann ich nicht mehr zu dir kommen. Du kannst immer zu mir kommen, ich habe zu Hause einen Ersatzschlüssel. Abi schluchzte immer noch, ihr Kinn bebte.

Die Schulleiterin räusperte sich. Ich gehe schon mal runter, sie flüsterte es beinahe, die Türklinke in der Hand, wir sprechen uns. Sie schloss die Tür.

Natali zog die Schublade auf und brach ein Stück Schokolade ab. Hier, iss das mal. Abi wischte mit dem Arm über das Gesicht, schluchzte noch einmal auf, bevor sie sich die Schokolade in den Mund schob. Sag mal, Natali brach sich auch ein Stück ab, weiß jemand, dass du hier bist? Abi schüttelte den Kopf. Sie schlang beide Arme um ihre Mutter, ich wollte einfach nur bei dir sein. Natali hielt ihr Kind fest, und so blieben sie, bis Abis Atem ruhiger wurde, tiefer, schließlich schwer. Ich will gar nicht immer Suli im Kindergarten abholen, und ich will bei dir Klavier üben, nicht in der Schule, nur weil Oma das Klavier zu laut ist. Matt und federleicht stand das Kind da. Natali strich ihr über den Rücken, und wenn Papa das Keyboard bei mir holt? Dann könntest du mit Kopfhörern spielen. Aber Abi schüttelte den Kopf, ich will bei dir üben.

Als sie die ganze Schokolade aufgegessen hatten, legte sich Abi auf den Boden neben Natalis Pult, auf den Bauch, und breitete die Buntstifte um sich aus. Natali saß vor dem Heftstapel und schaute immer wieder hinab auf diesen kleinen Rücken, der sich über dem Papier streckte und dehnte und ruckelte, wenn Abi eine Fläche ausmalte.

Natali schaute auf die Uhr. Solltest du Suli heute auch abholen? Abi richtete sich so rasch auf, dass das Papier einen Riss bekam. Sie schaute zu ihrer Mutter hoch, schuldbewusst und trotzig. Hastig schob Natali alles zusammen. Komm, nimm deinen Turnbeutel, sie fasste Abi an der Hand, die Zeichnung kannst du das nächste Mal fertig machen. Die Schulleiterin schloss gerade ihr Büro ab, als Natali die schwere Tür aufhielt und Abi gleichzeitig am Hinterkopf hinausschob, schnell, schnell, wir sind viel zu spät.

Kristin blies auf jeden Nagel einzeln, prüfte die lackierten Flächen, verschraubte das Fläschchen und stellte es auf die Verandamauer. Sie legte sich nochmals in den Liegestuhl. Ruhiger wurde sie nicht, nur der Sonnenstreifen mit jedem Augenblick schmaler, und als der Schatten das Licht verdrängt hatte, stand sie auf.

Wie von einem Schiff herab winkte sie auf ihrer Veranda mit den Armen nach draußen, um ein Gefühl für die Außentemperatur zu bekommen. Hier in der geschützten Ecke war es wärmer als in den Gassen der Stadt. Kristin schaute an sich herunter. Sie trug keine Strümpfe unter dem langen gemusterten Kleid, der Stoff war nicht allzu dünn. Im Schlafzimmer nahm sie eine Wolljacke vom Kleiderständer, hielt sie kurz ans Muster ihres Kleides, ganz harmonisch war das nicht. Kristin rollte die Jacke ein und stopfte sie in die Tasche. Sie wählte die halbhohen Absatzschuhe, die vorn beim Zeh offen waren und sie ein bisschen größer machten. Im Korridor blickte sie nochmals in den Spiegel und stand einen Moment vor sich selbst.

Natali legte sich die drei mittleren Finger ans Jochbein, zog die Wange nach unten, schob sie gegen das Auge hinauf. Ihre Haut wirkte müde. Sie sprengte sich Wasser ins Gesicht, dann zog sie sich doch aus und nahm eine Dusche, eiskalt zuletzt.

Der Stapel im Schrank war ganz durcheinander, Natali schob Manuels Stoß nach hinten. Sie wählte eine Bluse aus, knöpfte sie zu, stand in der Unterhose da und wusste nicht, was sie damit kombinieren sollte. Die Jeans war gut, aber dazu wirkte die Bluse bieder, und die Farben der Turnschuhe und der Bluse waren von einer Ähnlichkeit, die sich schlecht vertrug. Natali zog die Bluse wieder aus, trocknete die Haare, zog sich ein Shirt über, packte einen hellen Pullover ein und ging.

Ich hoffe, das sind die richtigen. Natali streckte Manuel eine Tasche hin. Er schaute nur kurz hinein, befühlte das oberste Hemd, wird schon passen. Er stellte die Tasche neben sich auf den Boden, blickte in die Karte, dann auf die Uhr. Viel Zeit habe ich nicht, aber ich sollte dringend etwas essen. Er winkte nach dem Kellner.

Er schaute nochmals auf die Tasche, ließ seinen Blick darauf liegen, dann brach es aus ihm heraus, ich hoffe, das geht nicht mehr lange so weiter. Wie stellst du dir denn vor, dass es weitergehen soll? Natali legte ihren Unterarm auf die runde Tischplatte. Sie saßen nebeneinander, mit dem Rücken zur Außenmauer.

Muss das wirklich ich ausformulieren?

Der Kellner stellte zwei Bier auf den Tisch. Manuel bedankte sich höflich und trank einen Schluck. Natali hob ihr Glas, dann zum Wohl, sagte sie und trank auch. Manuel stellte sein Glas hart auf den Tisch, man kann es ja doch nicht recht machen.

Natali stützte ihren Ellbogen auf die Platte, hielt das Glas in der Hand, auf Kopfhöhe stand das Bier zwischen ihnen. Ich würde wirklich gern wissen, wie du dir vorstellst, dass es weitergehen soll.

Die Wärme des Tages war an der Mauer noch spürbar, wo die beiden lauernd schwiegen, bis der Kellner das Essen brachte. Das Schälchen mit der hellen Sauce für die Pommes kam in die Mitte. Natali tunkte ein Kartoffelstäbchen in die Mayonnaise. Du willst doch auch nicht, dass Suli nach dem Kindergarten alleine in den Hort geht, weil Abi sie nicht abgeholt hat. Sie schob sich die Pommes in den Mund, kaute und redete weiter, und du kannst die Kinder nicht einfach wegbringen, ohne mit mir darüber zu sprechen. Das ist dir doch klar. Natali griff mit beiden Händen nach ihrem Burger und biss hinein.

Manuel tauchte seine Kartoffel am Rand in die Sauce, wo sie noch unberührt war. Natali warf ihm nur einen kurzen Blick zu, Abi möchte bei mir Klavier üben. Nicht in der Schule. Ich habe ihr versprochen, dass ich das mit dir bespreche. Manuel säuberte seine Finger mit der Serviette. Er öffnete den Mund, und Natali wartete ab, was er zu sagen hatte. Aber er aß bloß weiter und nickte in Natalis Worte hinein, Abi wollte einfach etwas Einzelzeit.

Manuel nahm das Schälchen in die Hand und tauchte seine Kartoffel mitten hinein. Natali, er redete leise, aber scharf, ich kann meine Kinder nicht einer Frau überlassen, die mein Vertrauen missbraucht. Ich war schon beim Rauchen großzügig. Dabei weiß ich nicht einmal, ob dir das Ganze überhaupt irgendwann etwas bedeutet hat.

Manuel. Natali wurde lauter, es ist meine Pflicht, mich für meine Kinder zu wehren. Was du tust, ist illegal, du weißt das.

Vom Nachbartisch guckte eine ältere Frau herüber. Natali aß den kalten Rest ihres Burgers auf und putzte mit der Serviette den Mund. Manuel schaute ihr dabei zu, eine Bitterkeit war in seinem Blick, über die sich Verwundung legte, wie ein Ölfilm auf der Wasserpfütze.

Er bezahlte die ganze Rechnung. Dann nahm er die Tasche mit den Kleidern. Danke, sagte er nun doch und legte die eine Hose zuoberst hin, die mag ich. Ich weiß. Natali strich ihren Rock zurecht, es war kühler geworden.

Manuel biss sich auf die Lippe, er konnte Natali nicht anschauen, hast du sie denn nochmals gesehen?

Natali schluckte. Ja. Sie nickte mehrmals, als müsste sie es sich selbst bestätigen, und plötzlich sah sie vor sich ihre beiden Mädchen, die sich im Meer durch die Wellen gejagt hatten, und sich selbst, wie sie immer sofort aufgestanden war, wenn eine größere Welle angerollt kam, obschon auch Suli längst schwimmen konnte und beide eine Schwimmweste trugen. Ja, ihre Stimme war sehr schwer, einmal haben wir uns gesehen, gestern Abend, in der Stadt.

Manuel starrte auf das schmutzige Geschirr, auf die Sauce, von der sie nur die Hälfte gegessen hatten. Und Natali schaute diesen Mann an, den sie so gut kannte, seit sie in sein Leben getreten war, in diesen kleinen Garten Eden.

Dann hast du also auch Rosalie angelogen. Manuel nickte und stand auf. Ich muss jetzt gehen, sagte er und nahm die Tasche, legte Natali ganz kurz die Hand auf die Schulter, bevor er sich umdrehte, davoneilte, in irgendeine Richtung.

Deine Jungs schlafen, Kristin ließ sich aufs Sofa fallen. Ihre Schwester hatte frischen Tee aufgebrüht und die kleinbauchigen Schnapsgläser geholt. Und? Die Schwester setzte sich zu ihr und hielt das kleine Glas mit drei Fingern. Aber Kristin nahm Tee, ach, nichts.

Jetzt erzähl mal, irgendwann musst du mit jemandem darüber reden.

Kristin stellte ihr Tässchen ab. Das Absurde am Ganzen ist, dass ich ständig all die Paare traue und jetzt auf dem besten Weg bin, eine Ehe zu zerstören. Also, die Schwester füllte beide Gläschen, du sagst, dass der Typ ihr die Kinder weggenommen hat. Wenn der wirklich so drauf ist, kannst du nichts mehr zerstören. Das ist schon kaputt.

Kristin drehte ihr Glas, hielt die goldene Flüssigkeit gegen das Licht. So einfach ist das auch wieder nicht. Sie verfiel in ein düsteres Schweigen, und ihre Schwester beobachtete sie dabei, wartete ab. Diese Gemeinschaften, diese Art Glauben, das ist stark, ich habe genug gesehen. Kristin schaute ihre Schwester wieder an, Natali war schon einmal davon weggekommen und ist trotzdem zurückgegangen, als sie ihren Mann kennengelernt hat. Nur schon, dass sie sich alles gefallen lässt, wie er über die Kinder bestimmt, dass sie sich nicht wehrt, nicht einfach zur Polizei geht. Sie wirkte auf mich, als wäre sie paralysiert.

Ihre Schwester nickte, das macht dir Angst. Kristin sagte lange nichts, bevor sie antwortete, es verunsichert mich, weil sie ständig wiederholt, dass sie bei ihrer Familie bleiben will, Abstand braucht, und doch wieder meine Nähe sucht.

Die beiden Schwestern saßen in diesem Wohnzimmer, eine jede in die eigenen Gedanken verstrickt.

Kristins Schwester stand auf, eines der Kinder weinte. Was ist denn mit Marlen?, fragte sie, als sie zurückkam. Oh Gott, Kristin fasste ihren Schnaps, stellte ihn zurück und trank Tee. Schlimmer als Eliane. Vielleicht hast du nur das Muster schneller erkannt? Kristin zog die Beine an und saß im Schneidersitz auf dem weichen Sofa. Ich wusste von Anfang an, dass mir Marlen zu wenig bedeutet. Deswegen konnte ich mich überhaupt darauf einlassen, an diesem einen Abend.

Verstehe. Die Schwester nickte, dann langte sie nach den Schokoladenkeksen und schob sie Kristin hin. Aber dass dir Natali etwas bedeutet, ist trotzdem kein Grund, dich nicht darauf einzulassen.

Soll ich noch hochkommen? Rosalie wartete auf die Antwort aus der Gegensprechanlage. Der Türöffner summte, aber als sie die Tür aufstoßen wollte, schnappte das Schloss schon wieder zu. Sie klingelte nochmals. Komm hoch, sagte Tobias' Stimme aus den vielen kleinen Löchlein heraus, die neben dem Klingelschild eingestanzt waren.

Sie stieg in den dritten Stock. Tobias trug eine Küchenschürze und wartete an der Tür. Wollten wir nicht im Restaurant essen gehen? Rosalie trat sich den Schmutz von den Schuhen. Tobias zog sie an sich, wolltest du mir nicht erst mal Hallo sagen? Er nahm ihre Hand und führte sie in die Küche. Ich habe für uns eingekauft, weil ich dachte, das wäre auch schön. Rosalie gab ihm einen Kuss und nahm die Weinflasche in die Hand, der sieht gut aus, sagte sie. Er war auch ganz günstig, Tobias holte den Korkenzieher aus der Schublade.

Auf uns, Tobias nahm Rosalies Hand. Wir könnten von nun an ein bisschen sparen, dafür nicht an unserem Fest. Er rückte mitsamt dem Stuhl näher zu ihr, ich möchte nämlich schon, dass du ein besonders schönes Kleid trägst. Und ich möchte, dass du dann keine Schürze trägst. Tobias lachte, stand auf und schob Rosalie eine locker gewordene Strähne hinter das Ohr.

Sag, wenn ich was helfen kann. Rosalie hatte die Füße auf einen zweiten Stuhl gelegt. Tobias schüttelte konzentriert den Kopf, gab Salz ins kochende Wasser, las nochmals im Kochbuch nach, fügte einen weiteren halben Löffel Salz hinzu, wog die Penne ab. Er nahm eine Schale mit fein gehackten Zwiebeln aus dem Kühlschrank, machte eine Herdplatte an, kratzte sich am Kopf. Dann holte er das Öl hervor und las nochmals im Kochbuch. Sag mal, fragte er, ohne aufzuschauen, da steht, es braucht für den Tomatensugo Olivenöl. Aber ich habe keines. Tobias schaute zu Rosalie, was nun? Da lachte Rosalie, du kannst auch ein anderes Öl nehmen, irgendeines, nur Sesamöl passt nicht. Sesamöl?

Es schmeckt wirklich gut. Rosalie nahm sich eine zweite Portion Pasta, Tobias goss beiden Wein nach und schob ihr seinen Teller auch hin. Er hob nochmals sein Glas, fixierte Rosalie, sagst du das nur mir zuliebe? Natürlich nicht, und kochen kann man lernen, indem man es einfach tut, das bekommt man ins Gefühl. Irgendwann kann man die Rezepte auswendig und sogar frei variieren. Tobias gab sich nur halb zufrieden, ich sehe es schon kommen, ab nächstem Sommer muss immer ich kochen, weil du willst, dass ich es lerne. Bis du so gut kochen kannst wie Manuel, ist es noch ein weiter Weg. Touché, Tobias warf ihr einen gespielt bösen Blick zu und wurde rasch wieder ernst. Manuel kann froh sein, dass er kochen kann.

Rosalie aß weiter, und erst nach einer Weile fragte sie, hat er dir auch nicht geglaubt, dass sich Natali nicht mehr mit Kristin getroffen hat? Tobias schüttelte den Kopf, nein, nicht wirklich. Er gabelte seine letzten Nudeln auf, aber dass man Natali gegenüber misstrauisch sein kann, verstehe ich schon. Aber wie gesagt, ich will da wirklich nicht hineingezogen werden.

Ich auch nicht. Rosalie wartete ab und sagte dann doch, ich hätte eher erwartet, dass Natali etwas mit Christof anfangen würde. Rosalie suchte Tobias' Blick, bevor sie fortfuhr, und als Manuel damals angerufen hatte, war ich mir zunächst sicher, dass er es ist, der eine andere Frau hat. Manuel? Wie kommst du darauf? Tobias brach mit seinem Messer ein Stück Käse ab. Warum sollte Manuel so etwas tun? Warum nicht, sagte Rosalie, aber Tobias blieb strikt. Natali hat nicht einmal mit ihrer eigenen Familie reinen Tisch gemacht. Kein Wunder lebt sie so ein Wirrwarr. Da muss man nicht plötzlich alles auf Manuel schieben. Er aß das Käsestück direkt vom Messer. Über diese Geschichte weiß ich nichts, sagte Rosalie, und Natali ist meine Freundin, trotz allem, sie hätte es lauter sagen wollen.

Tobias holte ein Stück Brot und putzte die Reste auf seinem Teller zusammen. Hoffentlich lässt du sie nicht ausgerechnet jetzt fallen. Das wäre sicher verkehrt. Aber du darfst nicht einfach alles gutheißen, bloß, weil sie deine Freundin ist. Allein schon wegen der Kinder nicht. Rosalie legte ihre gefalteten Hände auf den Tisch und schaute Tobias zu, wie er seinen sauberen Teller mit dem letzten Kanten Brot nochmals ausrieb. Als Kirche müssen wir uns auch überlegen, wie wir mit so einem Fall umgehen wollen. Tobias kaute seine Rinde, in meinen Augen werden so manche

Bibelstellen viel zu leichtfertig ausgelegt. Dieses Rosinenpicken, da müssen wir uns in Acht nehmen. Er hielt inne, dachte nach, es ist uns alles erlaubt, zitierte er, aber es ziemt sich nicht alles. Das ist so ein Beispiel, das für alles herhalten muss. Oder auch, schicket euch in die Zeit. Damit reden sich manche Leute aus allem heraus. Wir müssen wirklich wachsam sein. Als er aufschaute, strich sich Rosalie mit dem Daumen eine Träne aus dem Augenwinkel. Rosalie, was ist denn?

Sie schüttelte nur den Kopf. Tobias kam zu ihr hin, sag doch, Liebes. Du kannst mir alles sagen. Er legte seine Hand auf ihre Schulter, küsste sie auf den Kopf. Rosalie presste die Augen zusammen. Ich bin einfach traurig. Ich hatte mir so gewünscht, dass Natali meine Trauzeugin sein würde, wenn ich einmal heiraten sollte, sie schaute zu Tobias hinauf und lächelte in ihre Tränen hinein.

Ich weiß schon, Rosalie saß wieder aufrechter, wir haben es mehrmals besprochen. Sie trocknete ihr Gesicht mit einem Taschentuch. Ja, Tobias war ganz ernst, man darf in diesen Dingen auch nicht den kleinen Finger reichen. Eigentlich wollte ich dir das nicht erzählen. Aber vielleicht solltest du trotzdem wissen, dass Natali gar nicht unsere Trauzeugin sein wollte. Sie findet, wir passen nicht zusammen. Woher willst du denn so etwas wissen? Rosalie zerknüllte das Papiertaschentuch. Manuel hat es mir gesagt. Tobias nahm Rosalies Faust in seine Hände, löste ihre verkrampften Finger voneinander, bis das Taschentuch herausfiel. Ich habe mit ihm besprochen, dass du so traurig bist, weil Natali nicht deine Trauzeugin wird. Er wandte sich ihr zu, hob ihr Kinn mit drei Fingern an, da müssen wir wirklich kein schlechtes Gewissen mehr haben, wenn sie so denkt.

Rosalie lag außen. Tobias zog sie an sich, nicht, dass du mir vom Sofa fällst. Er strich ihr über die Haare, den Kopf, den Rücken. Ihre Hand lag auf seiner Hüfte. Er küsste den Handrücken und legte sie auf sein Schlüsselbein. Weißt du, sagte er, woran ich vorher auch denken musste? Rosalie strich ihm mit dem Zeigefinger über die Wange. Nein, aber vielleicht sagst du es mir? Er drückte sie, wegen der ganzen Sache mit Natali und dieser Frau. Tobias zögerte, weißt du, ich möchte nicht, dass du da mit hineingezogen wirst. Er schluckte einmal, du hast selbst deine schlechten Erfahrungen gemacht.

Rosalies Hand blieb auf Tobias' Wange liegen. Ganz nah waren sie sich, zu nah, als dass sie den Blick des anderen noch fassen konnten. Aber jetzt haben wir uns, sagte er und küsste sie. Und Rosalie küsste ihn auch, wenngleich etwas zögerlich.

Es ist bald Mitternacht, Tobias richtete sich auf und strich sein Hemd glatt. Rosalie gähnte. Ich könnte gleich auf dem Sofa einschlafen, sie rieb sich die Augen. Wir sehen uns am Sonntag, das ist schon fast übermorgen. Tobias drückte sie an sich, noch zweimal schlafen. Unten an der Tür küssten sie sich ein letztes Mal. Tobias zog Rosalie an sich, ganz nah, ihr Bein war nur mit dem feinen Stoff bedeckt. Mit der einen Hand fuhr er ein wenig tiefer ihren Rücken hinunter und presste sich gegen sie, ganz kurz nur, wie ausgehungert.

Natali saß unter einem niedrigen Baum, dessen Wurzeln nach allen Richtungen ausliefen, den ausgetretenen Pfad durchbrachen. Sie schaute sich um, blickte nochmals auf die Uhr, nahm wieder ihr Buch zur Hand, kam nicht vom Fleck. Sie legte es offen neben sich auf die Bank, den Buchrücken nach oben.

Mama! Suli rannte auf ihre Mutter zu und prallte ihr gegen die Brust. Natali drückte das Kind an sich, das an ihrer Jacke riss, sie am Stoff packte, um sich noch näher an sie zu schmiegen. Abi kam an Manuels Hand, blieb einen Moment vor ihrer Mutter stehen, bevor sie sie mit beiden Armen umschlang. Natali legte ihr die Hände auf die Schultern.

Zu viert zogen sie los. Natali hielt beide Mädchen an der Hand. Manuel trug den großen Rucksack, lief nebenher und räusperte sich hie und da. Wie war es in der Sonntagsschule?, fragte Natali. Suli kam ihrer Schwester zuvor, es war super! Wir haben sogar Schokolade bekommen! Schokolade? Ja, Suli nickte fleißig, von Tobias, er hat sie extra mitgenommen. Das ist aber nett von ihm, Natali warf einen kurzen Blick zu Manuel. Wir mussten warten, bis die anderen Kinder da waren, weil Papa im Gottesdienst hilft, da hat uns Tobias Schokolade gegeben, erzählte Abi. Suli riss vor Aufregung ein paarmal an Natalis Hand, als wäre sie ein Glockenstrang, und er freut sich, dass ich an der Hochzeit die Ringe bringe.

Du darfst die Ringe bringen? Natali drückte die Hände ihrer Kinder fester. Abi erwiderte den Druck, und ich darf Klavier spielen.

Natali ging schneller, die Kinder mussten immer wieder einen zusätzlichen Schritt machen. Ihr Herz schlug hart, sie musste alle Kraft darauf verwenden, zu verlangsamen, die Hände ihrer Kinder nicht zu sehr zu drücken, und darauf achten, dass ihr das Gesicht nicht verrutschte.

Sie begann, mit den Armen zu schlenkern, bis die Mädchen rennen mussten, abbremsen, und wieder rennen, sie lachten und jagten vor und zurück, immer an der festen Hand ihrer Mutter, bis sie vor der Bushaltestelle standen.

Wollen wir die ganze Strecke in den Wald zu Fuß gehen? Manuel schaute von seinem Telefon auf, der Fahrplan sagt, wir wären mit dem Bus nur zehn Minuten schneller. Dann lass uns zu Fuß gehen. Natali beugte sich zu den Mädchen, was meint ihr? Zu Fuß, sagte Abi, wir sind schon lange nicht mehr mit Mama spaziert. Manuel schob sein Telefon in die Hosentasche, gut, spazieren wir. Sie gingen weiter, durch das Viertel, am Kreisel vorbei und hinauf in den nahen Wald.

Geht ihr schon mal Holz sammeln, sagte Manuel und schob die Steine der Feuerstelle zusammen. Natali öffnete den Rucksack, holte die Esswaren heraus, stellte den Beutel mit den Zündwürfeln und trockenen Tannzapfen auf den Waldboden. Sie räusperte sich, das Feuer habe immer ich gemacht. Manuel fügte einen Stein ein und schaute auf, gut, dann müssen wir das Holz suchen. Kommt, Kinder. Natali blickte ihm nach, wie er zwischen den Tannen durch den Wald stromerte, den Mädchen hinterher, die längst auf der Suche waren. Sie schichtete das Brennholz, die Zündwolle, zerknüllte die Zeitung, und erst als die Kinder mit ganzen Stapeln harziger, vermooster Äste zurückkamen, fiel ihr auf, dass sie noch immer die Sonntagskleider trugen.

In Amerika isst man Hotdogs mit Sauerkraut, sagte Natali und legte Würstchen zwischen die gerösteten Brötchen. Aber wir müssen das nicht, Suli drückte eine dicke Zeile Senf auf ihr Würstchen. Je nachdem, ob du brav bist, sagte Manuel, und Suli fasste sich an das linke Ohr, tastete nach ihrem Zöpfchen. Manuel lachte, das Zöpfchen ist noch da, und heute Morgen hast du nicht geweint, als die Oma dich frisiert hat. Er biss in seinen Hotdog, also ich hätte gerne Sauerkraut dazu. Es hat saure Gurken, Natali schob ihm das Glas hin.

Hast du sonst geweint, wenn Oma dir Zöpfchen geflochten hat? Und wie! Abi sprang von ihrem Sitzstein auf und krähte kurz und schrill, so laut hat sie geschrien. Sie setzte sich wieder hin, während Suli weiteraß, als hätte sie gar nicht zugehört. Und du? Natali schaute zu Abi. Ich mag Zöpfchen auch nicht, aber Oma sagt, wir sehen hübscher aus damit. Sie schüttelte den Kopf, dass die dünnen Zöpfchen hin und her flitzten, für die Schule müssen wir es nicht mehr machen, das ist der Oma zu anstrengend. Da hast du nämlich auch geheult, rief Suli mit vollem Mund, du hast selbst gesagt, dass du heulst, weil du willst, dass Mama die Zöpfchen macht.

Abi warf Suli einen bösen Blick zu und verschränkte die Arme, das darfst du nicht erzählen, Suli. Aber Suli stampfte auf, das ist mir egal, ich will gar nicht tapfer sein, die Oma soll alleine tapfer sein!

Natali stand auf. Sie nahm einen Stecken, stocherte in der Glut, blies hinein, bis die Kohle nochmals zu glühen begann, das schwelende Feuer neu aufflammte. Sie musste husten, wer will noch einen Hotdog?

Die Mädchen putzten sich mit den Fäusten den Mund, bevor sie in ihren viel zu schönen Kleidchen davonrannten, über den Waldboden stolperten, bis Suli aufschrie. Einen Moment war es still, dann lachte erst Abi, bis Suli aufstand, sich das Knie rieb und auch lachte. Die zwei verschwanden hinter den Büschen.

Natali holte die Thermoskanne hervor, goss Kaffee in die Becher und schob den einen zu Manuel hin. Sie horchte nach den Kindern, dann wandte sie sich Manuel zu, suchte mit den Füßen festen Grund auf dem Waldboden. Hat in der Kirche jemand nach mir gefragt? Manuel blies in die Tasse.

Manche haben gefragt, wo du seist, und Susanne wollte dich bei der Gestaltung eines Flyers um Hilfe bitten. Was hast du gesagt? Manuel schaute nicht auf. Er wippte mit dem ganzen Körper, vor und zurück, ich glaube, fing er an, Rosalie und Tobias halten auf jeden Fall dicht. Und meine Mutter sowieso. Wie meinst du das? Natali blickte auf ihre Wanderschuhe, dann auf diesen Mann. Wir haben den anderen gesagt, du bist auf einer Studienreise. Auf einer Studienreise? Manuel räusperte sich, ich habe ihnen gesagt, dass du eine Weile nicht da sein wirst. Ich dachte, du möchtest lieber nicht, dass sich jemand bei dir meldet oder unangekündigt vorbeikommt.

Du lügst die Leute einfach an?

Wir wollten dich schützen. Manuel holte Luft, von wegen Lügen, du hast uns auch angelogen, Rosalie und mich.

Natali trank von ihrem Kaffee. Ich habe niemanden angelogen. Als wir uns gesehen haben, wusste ich nicht, dass ich Kristin so bald wiedersehen würde.

Er stand auf, stocherte mit einem Ast in der Asche, zog Linien durch den hellen Zunderschutt. Dann fing er an zu reden, und Natali musste sich konzentrieren, um ihn zu verstehen. Ich denke, die Kinder könnten sich ein Zimmer teilen. Manuel fuhr mit seinem Stecken durch den Aschensatz, du könntest das eine Zimmer für dich haben. Er wandte sich um, ohne Natali anzublicken, noch immer mit diesem Stecken in der Hand. Ich kann nicht länger bei meiner Mutter sein mit den beiden. Das ist zu viel für sie. Und ich halte es auch nicht mehr aus.

Natali blies in ihr laues Getränk. Manuels Stimme blieb außerhalb, wie in einer anderen Dimension. Es muss ja niemand wissen, dass wir in einer Krise sind.

Auf dem Waldboden wimmelte es von Ameisen.

Du möchtest also, dass wir Familie spielen?

Das tun wir jetzt auch. Manuel warf die eine Hand von sich, ungefähr in die Richtung, aus der die Kinder zu hören waren. Über der Lichtung rissen die Wolken auf und die Sonne schickte ihre Streifen durch die Tannäste hinab.

Das mit dieser Frau. Manuel schluckte leer, das ist eine Phase, ich weiß das einfach, und du weißt es auch. Er kam zu ihr hin, streckte ihr seine Hände entgegen, und du weißt, dass ich dich liebe. Natali tat einen Schritt auf ihn zu, lehnte ihren Kopf an seine Brust, und er setzte seine Finger an ihre Schulterblätter.

Mama! Mein Kleid ist zerrissen! Abi blieb vor ihren Eltern stehen, verrenkte sich, zog den hinteren Teil ihres Kleidchens nach vorn. Der ganze Stoff war zerfetzt. Was hast du denn gemacht? Ich bin an einem Ast hängen geblieben. Suli kam angestapft, wie Absalom, bestätigte sie. Manuel nahm Suli auf den Arm, warf sie in die Luft, weißt du überhaupt, warum Absalom im Ast hängen geblieben ist? Er stellte sie wieder auf den Boden, weil er seinem Vater nicht gehorcht hat. Wir haben Glück, dass du nicht hängen geblieben bist. Abi schaute zu ihrer Mutter. Natali legte den Zeigefinger auf den Mund und schüttelte den Kopf. Er meint nicht dich, sagte sie leise.

Kommt mal her. Manuel holte die Kekse hervor, teilte sie aus, wenn wir alle wieder in der gleichen Wohnung leben würden, könntet ihr euch vorstellen, ein Zimmer zu teilen und Mama eines abzugeben?

Manuel!

Abi stand bocksteif da, schaute zu ihrer Mutter, dann zu ihrem Vater. Nur Suli stürzte auf Natali zu, drückte sich an ihren Hals, dass sie beinahe rückwärts vom Stein rutschte. Du bist wieder gesund? Sie küsste ihrer Mutter das ganze Gesicht ab. Die beiden hielten sich aneinander fest, bis Natalis Blick auf den Keks in Sulis klebriger Hand fiel. Ameisen krabbelten darauf herum.

Komm, sie holte ihren alten Pullover aus dem Rucksack und reichte ihn Abi. Zieh das an, ich schaue zu Hause, ob ich das Kleid flicken kann. Abi nahm den Pullover, ging ins Gebüsch und zog sich um. Dann holte sie Suli. Sie fasste ihre kleine Schwester an der Hand und zerrte sie in den Wald hinein.

Natali packte alles zusammen, wickelte die Reste in Folie, verschloss die Tupperware. Das kannst du einfach nicht machen, sagte sie. Sie konnte Manuel kaum anschauen. Ihre Kieferknochen mahlten. Natali, es ist ein Angebot. Er bewegte sich wie ein Spiegelbild neben Natali her, ohne ihr zur Hand zu gehen. Wie großzügig. In ihr schwoll alles an, das Blut, der Hals, aber Manuel redete trotzdem weiter. Du könntest dich eine Weile beurlauben lassen in der Schule, ich sehe doch, dass du ständig überarbeitet bist. Was stellst du dir eigentlich vor. Natali schleuderte ihm die Worte ins Gesicht. Du nimmst mir die Kinder weg, und ich soll mich von dir abhängig machen. Wahrscheinlich glaubst du sogar, dass ich dann noch Kunst machen könnte.

Manuel bückte sich nach einem liegen gebliebenen Fetzchen, Natali, ich weiß doch, dass es dir nicht gut geht. Natali schulterte den Rucksack, zog die Riemen an und pfiff nach den Kindern. Erst dann ging sie darauf ein, klar, du meinst es nur gut mit mir.

Abi ging im viel zu großen Pullover neben Natali her und rieb mit dem Daumen an ihrer Handfläche, als wollte sie sich eingraben. Hie und da warf sie einen kurzen Blick zu ihrem Vater, der einen Schritt hinter ihnen ging, immer nur so kurz, dass sie sehen konnte, wo sie als Nächstes hintrat. Suli rannte voraus. Sie wartete hinter jeder Wegbiegung, sprang an Manuel hoch, der sie aufhob, im Kreis schwang, ein schlaffes Karussell. In der Unterführung, wo sie sonst rufend und singend und johlend mit dem Hall experimentierte, ließ sie nur einen dumpfen Ton vernehmen, der sofort erlosch.

Ich gehe hier lang, Natali wies nach der abfallenden Straße. Manuel nickte und deutete mit dem Kopf in die andere Richtung. Wir gehen nach Hause. Aber wir gehen doch alle nach Hause, Suli blieb stehen. Ihr Blick stieg Stufe um Stufe zu den drei Größeren hoch. Dann ließ sie die Arme sinken. Manuel legte Suli seine Hand auf den Kopf, ein wenig müssen wir uns noch gedulden.

Das ist die Küche, sie ist klein, aber neu ausgebaut. Der Verwalter öffnete die Balkontür, trat hinaus, im Hinterhof ist es schön ruhig. Natali schaute an ihm vorbei auf die gegenüberliegenden Häuser. Wie an einem Taubenkobel hingen die vielen Balkone an den Fassaden. Kommen Sie nur, der Mann wies ihr den Weg, ohne aus dem Türrahmen zu treten. Natali drückte sich an ihm vorbei, schaute hinab, unten waren Beete angepflanzt. Der Verwalter stellte sich neben sie und hielt sich mit seinen massigen Händen am Geländer fest. Natali verschob ihre Hand ein wenig.

Dann wandte sie sich um, ging in die Küche, schaute in die Regale, öffnete den Kühlschrank, den Backofen. Kommen Sie, der Mann machte Licht im Bad. Hier haben Sie eine Badewanne, aber wenn Sie zu oft baden, treibt das die

Stromkosten in die Höhe. Er ließ das Wasser laufen, auch beim Waschbecken, dann betätigte er die Spülung der Toilette. Sie sehen, alles fließt. Natali schaute sich im Bad um. Sie tastete die alten Keramikplatten an den Wänden ab, war unschlüssig, waren sie schön, oder doch hässlich, da löschte der Hausbesitzer das Licht. Kommen Sie.

Die kleinere Kammer war düster, dafür war das Wohnzimmer groß und hell und verfügte über einen kleinen Eckbalkon. Der Mann trat ans Fenster, schauen Sie, er wartete, bis Natali bei ihm stand. Wenn die Fenster gekippt sind, muss man den Griff zuerst nach oben drücken, sonst klemmen sie. Er schaute Natali an, in gekippten Fenstern sind schon viele Katzen verendet, weil sie alleine nicht mehr herauskommen. Er schloss das Fenster, aber hier sind Haustiere ohnehin nicht erlaubt, und von den Katzen nur die zweibeinigen.

Natali verließ den Raum. Sie betrat nochmals die dunkle Kammer, schaute sich darin um, blickte aus dem Fenster. Ein großer Baum stand davor, möglicherweise war es im Winter heller hier drinnen. Aber sie wollte diesen Mann nichts fragen.

Können Sie überhaupt so rasch einziehen? Der Verwalter hielt Formulare in der Hand, ein Stift baumelte an einer gedrehten Schnur, die er um den Hals gelegt hatte. An einer zweiten Schnur hing seine Brille. Natali zögerte, fasste sich an den Hals, das Blut raste durch sie hindurch. Der Mann zog eine Augenbraue hoch, es gibt immer viele Interessenten. Doch, ich könnte sofort einziehen, sie nahm das Blatt entgegen, hielt es an die Wand, holte ihren eigenen Stift aus der Tasche und füllte die Felder aus.

Der Verwalter überflog das Formular und schaute erst auf, als Natali fragte, dürfte ich hier die Wände neu streichen?

Er setzte die Brille auf. Sie dürfen das, natürlich, unter der Bedingung, dass die Wände wieder weiß sind, wenn Sie ausziehen. Lehrerin sind Sie also. Er studierte das Blatt jetzt genauer, aber Sie arbeiten Teilzeit? Natali nickte, ich will auch Zeit mit meinen Kindern verbringen. Sie haben Kinder? Dann wird das aber eng hier drin, er nahm seine Brille ab. Sie sind nicht immer bei mir, sagte Natali eilig, sie leben bei ihrem Vater.

Beim Vater. Der Mann schaute nochmals auf das Formular, heutzutage quartiert man die Kinder also bei den Vätern ein.

Natali stellte die Tasse in die Spüle. Auf dem Weg ins Bad schaute sie auf das Telefon, ein Anruf von Manuels Mutter. Sie tippte auf die Rückruftaste. Jetzt gleich? Natali schaute sich nach ihrer Tasche um, ich muss zur Arbeit. Sie setzte sich, soll ich sie holen? Nachdem sie aufgelegt hatte, stand sie einen Moment lang im Korridor, dann rief sie in der Schule an.

Natali ließ sich auf einen Küchenstuhl fallen. Sie saß in dieser fixfertig eingerichteten Küche, mit den Plakaten an den Schränken, den angehefteten Zetteln am Kühlschrank, den Fotos und Postkarten. Ein ganzes Familienleben hatten sie sich konserviert.

Das Telefon leuchtete auf. Wir haben eine Vertretung gefunden, schrieb die Schuldirektorin, aber nur für heute. Natali war erleichtert, danke, tippte sie, und schickte hinterher, sie kann mich jederzeit anrufen.

Sie eilte nach unten, als es klingelte. Die Schwiegermutter öffnete die hintere Tür ihres Wagens, komm, Kind. Suli kletterte matt aus dem Kindersitz heraus, bleich war sie. Natali hob sie hoch. Sie war die letzten Tage krank, aber heute kann ich wirklich nicht zu Hause bleiben. Die Schwiegermutter trat näher, ich habe mich vor Wochen mit meinen Freundinnen verabredet, und Manuel muss auch arbeiten. Natali nickte und wiegte ihre Tochter, als wäre sie noch immer ein ganz kleines Kind.

Warum habt ihr nicht früher Bescheid gesagt? Natali nahm Suli auf die andere Hüfte, für mich muss auf der Arbeit auch jemand einspringen. Die Schwiegermutter nestelte am Autoschlüssel herum. Da hast du recht, wir hätten es dir früher sagen sollen. Suli schmiegte sich an Natali, die ihr die Hand auf die heiße Stirn legte, und sagte, das ist auch mein Kind.

Verloren stand die Frau da, älter war sie geworden. Sie strich ihrer Enkelin über die Haare und trat einen Schritt zurück. Ich wollte dich gestern Abend anrufen, aber Manuel meinte, das wäre heute schon vorbei, das sei nur psychosomatisch.

Das Kind ist tagelang krank, und ihr nennt es psychosomatisch?

Manuel sagt das, sie schaute ihrer Schwiegertochter fest in die Augen. Auf mich hört er doch auch nicht.

Natali nickte, sie wusste nicht, was es darauf zu sagen gäbe.

Die Schwiegermutter schaute auf die Uhr, ich muss, Pensionärinnen warten auch nicht gern. Sie stieg in ihren Wagen, legte den Rückwärtsgang ein, wendete, ließ das Fenster herunter, öffnete den Mund, aber sie winkte nur. Dann fuhr sie davon.

Wollen wir am Ufer entlanggehen? Kristin deutete auf den Pfad, der eine Wiese überquerte. Enten rupften am Gras, einige hatten sich schon schlafen gelegt. Natali blieb stehen.

Ich habe noch nie eine Ente grasen sehen, sie machte ein Bild, hast du das schon gesehen? Schon oft, Kristin musste lachen, ich komme häufig hier vorbei. Ich glaube, die Enten suchen im Gras vor allem nach Schnecken.

Die beiden gingen weiter, wie zufällig berührten sich im Gehen ihre Hände, einmal, zweimal, dann fasste Kristin nach Natalis Hand. Sie setzten Fuß vor Fuß ins raschelnde Laub, keine sagte ein Wort, sie schauten sich nicht an. Matt spiegelten sich die Lichter im grauen See, die Boote waren winterfest vertäut. Kristin ließ Natalis Hand auch nicht los, als ein Paar mit einem Kinderwagen bei ihnen stehen blieb.

Die beiden haben vor zwei Jahren geheiratet, sagte Kristin, drehte sich nochmals zu ihnen um und winkte. Das Wasser gluckste, die regenfesten Jacken schützten sie vor der Feuchtigkeit der Herbstnacht.

Manuel hat einfach unten gewartet, als er Suli abgeholt hat? Natali nickte. Und sie wollte nicht mitgehen, sie wollte ihr eigenes Zimmer zurückhaben und bei mir schlafen. Christof schaute Natali zu, wie sie mit dem feinsten Meißel nur ganz dünne Schichten ihres Steins abnahm, meist nur noch einmal sachte auf das Eisen tippte, immer wieder einen Schritt zurücktrat, die Schutzbrille hochschob, ihre Skulptur betrachtete, mit dem Zeigefinger mehrmals über eine Stelle strich. Dann legte sie die Werkzeuge auf die Bank. Wie ich Manuel beibringen soll, dass ich eine Wohnung habe, weiß ich auch nicht. Ich gebe ihm immer noch mehr Argumente in die Hand.

Du hast eine Wohnung?

Natali schob die Hemdsärmel zurück, ging zum Spülbecken, wusch die Hände, ja. Ich habe gleich die erste Wohnung bekommen, die ich besichtigt habe. Sie ist bezahlbar, und groß genug, wenn die Kinder da sind. Gut, sagte Christof, das ist wirklich gut. Ich wusste nicht, dass du nach einer Wohnung suchst. Natali schaute auf den Stein, ohne ihn wirklich anzusehen, ich habe die Wohnung sehr spontan besichtigt. Ich bin auch überrascht. Manuel soll selbst schauen, wie er den Kindern beibringt, dass sie mir kein Zimmer freiräumen müssen. Sie nickte zu ihren Worten, wobei es eher ein Kopfschütteln war, manchmal frage ich mich schon, ob vielleicht ich es bin, die sich so verändert hat.

Sie hockte sich auf einen Stuhl. Es war verrückt, von dem Moment an, als ich Suli bei mir auf das Sofa gesetzt habe, war sie einfach wieder gesund. Hast du das Manuel erzählt? Dummerweise ja, und er hat gesagt, dass sei alles nur die Psyche. Weiter kommt er nicht in seinem Denken. Sie schüttelte wieder den Kopf, weißt du, ich glaube, ich kann den Kindern für ihr Leben mehr beibringen, indem ich aus dieser Gemeinschaft austrete, als wenn ich dableibe und so tue, als wäre das die einzig mögliche Wahrheit.

Christof dachte lange nach, bevor er sagte, wahrscheinlich hast du recht. Nachdenklich fügte Natali hinzu, aber dass die Kinder in dieser Kirche sind, daran kann ich nichts ändern.

Er stand auf und gab frisches Pulver in die Kaffeekanne. Vergiss aber nicht, dass Manuel sich an die Gesetze halten muss. Nicht nur an seine ungeschriebenen Gottesgesetze. Er verschraubte die Kanne. Und wenn du willst, helfe ich dir beim Umzug, aber dafür musst du mir versprechen, dass du die Ausstellung nicht absagst. Dazu ist es sowieso zu spät. Du hast dich nicht angemeldet? Doch, aber die Abmeldefrist ist auch abgelaufen.

Störe ich dich? Natali las den Satz zu Ende, machte eine Korrektur, dann legte sie den Stift zur Seite. Nein, komm nur. Die Direktorin nahm sich einen Schülerstuhl, schlug die Beine übereinander, wie sie es immer tat. Natali schaute auf den Block, den ihre Vorgesetzte auf den Knien hielt, beobachtete, wie sie mit dem Kugelschreiber auf den Tisch tippte. Das Minenköpfchen guckte jetzt nach draußen.

Also, ich bin irritiert, die Schulleiterin legte den Kugelschreiber auf den Block. Schon seit einiger Zeit. Natali nickte, schwieg einen Moment, bevor sie sagte, ich weiß.

Die Direktorin stellte die Füße nebeneinander. Der Kugelschreiber rollte vom Block und fiel zu Boden. Natali nutzte den Augenblick, als ihre Vorgesetzte sich danach bückte, und sagte auf deren Rücken hinab, ich glaube, ich habe mich von meinem Mann getrennt. Die Direktorin tauchte auf, strich sich ein paar Haarsträhnen aus der Stirn, was glaubst du?

Manuel und ich haben uns getrennt. Natali räusperte sich und redete weiter, sie redete schnell, es gab nichts zu verlieren. Die Schulleiterin legte den Block auf das Schülerpult. Den Kugelschreiber behielt sie in der Hand, klickte immer wieder mit dem Druckknopf gegen die Federkraft, die Mine erschien und verschwand und erschien.

Er hat dir nicht einmal gesagt, dass Suli krank ist? Beide schüttelten sie den Kopf, in unterschiedlichem Takt.

Die Schulleiterin stand auf. Ich habe noch einen Termin, aber komm zu mir, wenn du etwas brauchst. Jederzeit. Natali erhob sich auch, danke, sagte sie. Im Türrahmen drehte sich die Direktorin nochmals um, ich schicke dir gleich das Formular, damit du deine Umzugstage beantragen kannst.

Manuel saß mit einer Zeitung in der Ecke, schaute auf, überflog den Artikel, während Natali den Mantel auszog und sich hinsetzte. Sie nahm die Karte zur Hand. Hast du schon etwas ausgesucht? Nein, ich esse mit den Kindern, er schaute auf die Uhr.

Die Kellnerin brachte ihm ein Bier. Natali bestellte eine Quiche, ich habe Hunger, sagte sie zu Manuel. Er nahm den ersten Schluck. Ist Suli wieder gesund? Natali schaute ihren Mann an und schob hinterher, geht sie wieder in den Kindergarten? Suli geht es gut, sagte Manuel. Aber das ist es wohl kaum, was du nicht am Telefon mit mir bereden wolltest, oder? Er legte die eine Hand offen gegen Natali hin. Sie knetete ihre Finger, der Hornhautbuckel war angeschwollen.

Ich habe eine Wohnung gefunden.

Was hast du?

In zwei Wochen kann ich einziehen.

Die Kellnerin legte ein weißes Papierset vor Natali auf den Tisch, Messer, Gabel, ein Getränk.

Wir wollten gemeinsam darüber nachdenken. Manuel war sehr gut zu hören, obschon er flüsternd sprach. Wie du mit mir darüber nachgedacht hast, mit den Kindern zu deiner Mutter zu gehen? Natali ließ sich nicht auf dieses Flüstern ein. Sie blieb ganz ruhig, so kannst du mit den Kindern in die Wohnung zurück, und wir haben Raum genug, um in Ruhe nachzudenken. Wenn du Raum für dich brauchst, können sich die Kinder ein Zimmer teilen, das habe ich dir angeboten. Er fasste nach Natalis Hand, und du hast die Werkstatt, wo du nachdenken kannst.

Manuel, du hast mir die Kinder weggenommen, ohne ein einziges Wort darüber mit mir zu wechseln. Ich kann nicht einfach zurück. Jetzt wurde ihre Stimme dick, das sind meine Kinder, das geht einfach nicht, nicht, nachdem du dich nie entschuldigt hast, und nachdem du in der Kirche Unwahrheiten über mich erzählt hast. Eine Studienreise, was soll das.

Ich wollte dich schützen, das weißt du genau. Er zog seine Hand zurück, und über Ehrlichkeit musst du mir keinen Vortrag halten.

Wahrscheinlich wolltest du auch Suli vor mir schützen, dass du mir nichts gesagt hast, als sie krank war. Natalis Stimme wurde lauter als ihr lieb war, dabei ist sie krank geworden, weil du sie angelogen hast, weil sie so gehofft hat, dass es stimmt, was du behauptet hast.

Eben, sie hofft es so, Manuels Blick wurde dunkel. Und ich auch.

Ich brauche Zeit, ist das denn so schwer zu verstehen. Und wieder ruhiger fügte sie hinzu, ich brauche diese Wohnung, als Übergang, aber Manuel fiel ihr ins Wort, als Übergang in dein neues Leben. Sag es doch einfach. Aber vergiss nicht, dass das Ehebruch ist, und das mit einer Frau. Seine Lippen bebten, da behauptest du ständig, du würdest sie nicht sehen, dabei bist du längst mit ihr zusammen. Natali biss sich auf die Zähne, es zischte aus ihr heraus, Manuel, weißt du was. Geh.

Die Kellnerin brachte die Quiche, stellte einen kleinen Salat dazu, trat gewandt zur Seite, um Manuel durchzulassen, und schaute ihm einen Moment hinterher, bevor sie Natali einen guten Appetit wünschte.

Mit der Tasche in der Hand überquerte Natali die Straße. Die Ampel stand schon wieder auf Orange, sie ging rascher.

Auf der anderen Seite blieb sie stehen, schaute sich nach allen Seiten um. Der Spielplatz lag vor dem Hauptportal und war nur von einer Seite mit einer Hecke abgegrenzt. Sie machte schnelle Schritte, die Kieselsteinchen schabten unter ihren Schuhen. Da ging die Schulhausglocke. Sie wusste nicht, wohin mit sich, von hier aus konnte sie über die Hecke schauen, aber sie konnte auch gesehen werden, jedenfalls ihr Kopf.

Natali kauerte sich nieder und spähte an einer schütteren Stelle durch die Hecke. Sie schaute zu, wie die Kinder aus dem großen Tor herausströmten, sich in alle Richtungen verteilten, aufeinander warteten, alleine loszogen, trödelten und stracks ihrer Wege gingen, bis sie endlich Abi sah.

Abi ging allein. Sie nahm Stufe um Stufe, beachtete die anderen Kinder nicht, die hinter ihr kamen und miteinander plauderten und lachten. Natali spürte ein Kribbeln in ihrem Fuß, er war eingeschlafen. Sie fasste in die Hecke und zog sich am Gebüsch hoch. Halb aufgerichtet trat sie vorsichtig auf, stampfte ein paarmal mit dem Fuß. Eines der Kinder rief nach Abi. Es war Till. Er rannte ihr hinterher, und Abi blieb stehen, um auf ihren Freund zu warten. Natali atmete auf.

Sie folgte den beiden aus sicherer Distanz, konnte nicht verstehen, über was die Kinder diskutierten, sie verhandelten etwas, waren ganz vertieft, bis Till schließlich abbog. Abi winkte und ging in die andere Richtung. Natali tat ein paar Schritte in ihrer Spur, blieb stehen, schaute in die Tasche. Sie hatte Manuel am Vortag etwas für die Kinder mitgeben wollen. Aber sie konnte Abi nicht rufen und ihr die Tüte geben, sie konnte ihr nicht Dinge hinterhertragen. Sie ging wieder schneller, Abi hatte Abstand gewonnen. Natali sah, wie Suli fertig angezogen vor dem Kindergarten wartete und Abi zurief, komm endlich, ich habe Hunger. Die Kindergärtnerin winkte und schloss die Tür.

Natali stand still. Sollte sie die Kinder rufen, mit ihnen gehen, mit ihnen essen, bei der Oma, sie sollte, sie sollte unbedingt, aber etwas hielt sie fest, es war nicht der Fuß. Der surrte nicht mehr. Sie kehrte um, huschte in die andere Richtung, blickte sich noch zweimal um. Hoffentlich sahen die Kinder sie nicht, nicht jetzt, nicht so, wie sie vor ihnen weglief. Rasch ging sie zurück, sie hatte das Fahrrad in der Nähe von Abis Schule abgestellt.

Sie fand es nicht, ging einmal ganz um das Schulgebäude herum, überquerte die Straße an der Ampel, suchte in den Seitengassen. Der Duft von Mittagessen kam ihr entgegen. Eine Frau rief einen Namen. Natali legte sich die Hand auf die Stirn, schloss die Augen, dachte nach, fand endlich ihr Fahrrad. Es war nicht abgeschlossen.

Rosalie rieb die Gläser trocken, dann das Besteck. Im Kocher brodelte das Wasser für den Tee. Tobias hatte abgewaschen und suchte nach einer Information im Internet. Er rief etwas aus dem Wohnzimmer, das Rosalie nicht verstand. Sie legte das Geschirrtuch über eine Stuhllehne und ging zu ihm.

Der Termin wäre noch frei. Tobias drehte den Bildschirm zu Rosalie, und Plätze hat es auch genügend. Er wartete, bis sie fertiggelesen hatte, dann küsste er ihre Hand, sollen wir dieses Lokal einfach reservieren? Dann wäre unsere Hochzeit so gut wie geplant.

Rosalie beugte sich nochmals über den Bildschirm, fuhr mit dem Finger auf dem Touchpad herum, recht bei der Sache war sie nicht. Gefällt es dir? Tobias klickte auf ein weiteres Fenster, schau, so sieht der Rosengarten aus, und so der Saal. Das ist wirklich schön, Rosalie trat einen Schritt beiseite, aber wir wollten noch über die Gästeliste sprechen. Du meinst wegen Natali? Tobias ließ seine Hand sinken. Einen Moment blieben sie so, bis das Licht des Bildschirms verlöschte. Rosalie nickte. Er überlegte, wir warten einfach ab, ob ihre Eltern sich anmelden, und schauen dann weiter, was meinst du? Rosalie stand in diesem verdämmerten Raum, wandte sich um, ging zurück in die Küche und rieb die restlichen Gabeln trocken.

Warum gehst du einfach davon? Tobias stand mit offenen Händen in seiner Küche, wir waren mitten im Gespräch. Sie legte die Gabeln in die Schublade, schob sie zu, hängte das feuchte Tuch an den Haken. Ich war mitten im Aufräumen, sie wies auf die saubere Fläche. Es ärgert mich, dass Natali hintangestellt werden soll. Und ich weiß nicht einmal, was ihre Eltern für ein Problem haben. Ich dachte, Natali ist deine Freundin? Ja, eben, Rosalie setzte sich und verstand.

Tobias nahm gegenüber Platz. Er hielt ihre Hand, strich darüber, sie hat dir das nie erzählt? Rosalie schüttelte den Kopf. Natali kann mir erzählen, was sie erzählen will. Als ihre Freundin solltest du das aber wissen, finde ich. Tobias richtete sich auf, es scheint bei Natali geradezu ein Muster zu sein. Was willst du damit sagen? Rosalie verschränkte die Arme, blickte zum Fenster hinaus und hörte, wie Tobias zu reden anfing. Natali hätte ihren Eltern einfach die Wahrheit sagen können. Niemand hätte sie verurteilt. Aber sie hat sich geweigert, weil sie fand, das gehe niemanden etwas an. Und deswegen war ihr Vater nicht an ihrer Hochzeit, und die Mutter und Geschwister auch nur an der Trauung. Was hätte sie denn sagen müssen? Rosalie sprach gedehnt.

Ihre Eltern wollten nur wissen, ob sie vor der Heirat mit Manuel geschlafen hatte. Aber sie hat es ihnen nicht gesagt und an der Hochzeit trotzdem ein weißes Kleid getragen. Vor allem der Vater wollte es wissen. Er ist immerhin ihr Vater. Und er hat schon recht, wenn sie es nicht sagen kann, dann wird sein Verdacht stimmen. Sie hätte wenigstens rote Knöpfe ans Kleid nähen können, zum Beispiel.

Rosalie stand auf, goss das heiße Wasser über das Teekraut und holte zwei Tassen aus dem Schrank. Das ist ihre Sache, das geht wirklich niemanden etwas an. Sie suchte nach den Keksen, gab ein paar auf einen Teller und aß mehrere hintereinander, kaute schnell und raspelnd. Weißt du was, ich wollte das gar nicht wissen. Sie griff nach einem weiteren Keks, und was hätte Manuel tragen sollen, damit man ihm seine Unreinheit ansieht?

Tobias nahm seine Tasse, Rosalie, das ist nur das, was ich weiß.

Sie öffnete das Fenster und schaute in die Nacht hinaus. Ihr Tee kühlte ab. Dann drehte sie sich zu Tobias, heißt das, ich muss auch rote Knöpfe an mein Kleid nähen? Tobias blickte sie irritiert an, fing sich aber gleich wieder, nein, sagte er, und nochmals und mit fester Stimme, nein. Wir beide bemühen uns um Reinheit, und Gott sieht das Herz an.

Kann ich was helfen? Natali saß am Küchentisch, aber Kristin schüttelte den Kopf, alles gut, das muss nur noch in den Ofen. Natali schaute Kristin zu, wie sie alles in die Spüle räumte, was nicht mehr benutzt wurde, wie sie Teller und Besteck auftischte, und dann sah sie diesen Zettel am Kühlschrank hängen. Eine seitenverkehrte Drei war in die Mitte gezeichnet, zu der eine rote Linie führte. Natali betrachtete die Zeichnung. Kristin trat zu ihr, legte den Arm um sie, und Natali lehnte ihren Kopf an Kristins Schulter. So standen sie lange, bis die kleine Uhr am Ofen ein Zeichen von sich gab.

Du vermisst die beiden. Kristin fragte das nicht, sie wusste es, und Natali legte ihr Besteck weg. Das Essen wurde kalt. Kristin goss Wein nach, sie hörte zu, und erst am Ende sagte sie, deswegen bist du keine schlechte Mutter, und schon gar kein schlechter Mensch.

Draußen war es dunkel, Blätter trieben durch die Luft, und innen in dieser Küche saßen die beiden unter einem Licht. Sie waren satt, sie redeten, und hie und da schwiegen sie auch.

Natali überquerte die Straße, blieb stehen, schaute auf ihr Telefon, ging die Dinge, die sie besorgen musste, auf der Liste durch. Sie zog den Mantel enger um sich, den Schal höher. Es war kalt geworden.

Was ihnen gemeinsam gehörte, wollte sie Manuel lassen, und den Kindern. Das meiste, was sie brauchte, konnte sie im Brockenhaus besorgen. Aber einen guten Mixer brauchte sie, für so vieles. Sie steuerte auf das Haushaltwarengeschäft zu.

Natali! Sie wandte sich um, Rosalie lief ihr entgegen. Wie schön, dich zu sehen. Schau mal, das ist Sandra. Natali reichte der Frau die Hand, und jetzt sah sie es. Wir kennen uns, sagte sie. Woher denn? Rosalie schaute von der einen zur anderen. Du bist Tobias' Schwester. Natali trat einen kleinen Schritt zurück und sagte zu Rosalie, wir sind zusammen aufgewachsen. Natürlich, wie konnte ich das vergessen, freute sich Rosalie. Sandra lächelte Natali an.

Seid ihr auf Einkaufstour? Natali schob ihre Hände in die Manteltaschen und zog die Schultern an. Ich brauche ein schönes Kleid für den großen Tag der beiden, das zum Brautkleid passen muss. Sandra zwinkerte Rosalie zu. Aber Rosalies Blick ging an Natali vorbei, sie guckte hinab auf ihre Schuhe, schließlich auf Natalis Taschen. Kaufst du schon Weihnachtsgeschenke? Natali schüttelte den Kopf, nein, sagte sie, ich brauche ein paar Dinge, und schaute zuerst Rosalie, dann Sandra direkt ins Gesicht, für meine neue Wohnung.

Du ziehst also wirklich aus? Ja, ich ziehe für eine Weile in eine andere Wohnung. Natali packte ihre Tasche fester, aber Sandra fragte, ohne deine Familie?

Das müssen wir nicht hier ausbreiten. Rosalie legte Sandra die Hand auf den Ärmel, navigierte ihre zukünftige Schwägerin aus diesem Gespräch hinaus und versuchte, Natali anzulächeln. Lass uns bald etwas trinken gehen, wir haben uns viel zu lange nicht gesehen.

Obwohl das Haushaltwarengeschäft sehr gut besucht war, ließ sich Natali lange beraten, prüfte mehrere Geräte und erwarb dann für sich allein die leistungsfähigste, wenngleich teuerste, von allen anderen Nutzerinnen mit den höchsten Punktezahlen bewertete Küchenmaschine.

Wo soll ich die hinstellen? Christof trug eine Kartonschachtel herein. Natali überlegte, stell sie ins Wohnzimmer. Und was passiert in dieser Rumpelkammer? Christof schob mit dem Fuß die Tür zum kleinen Raum auf. Das wird das Schlafzimmer. Am Wochenende will ich die Wände streichen, damit die Mädchen ab nächster Woche hier schlafen können.

Das dürfen sie?

Natali manövrierte sich durch die Wohnung, stieg über Kisten, schaute in mehrere hinein und brachte schließlich eine in die Küche. Ja, sie öffnete die Tür zum Balkon hinaus, sie dürfen. Sie nahm eine alte Tasse aus der Kiste und holte ihre Zigaretten. Manuel wollte mich allerdings überreden, den Mietvertrag wieder aufzulösen, sie blies den Rauch aus dem Fenster und aschte in die Tasse. Christof lehnte an die Wand, schaute Natali an, rauchte, hob die Brauen.

Natali tippte auf das Papierröllchen. Manuel hat gesagt, ich bin immer noch der Vater dieser Kinder, hoffentlich. Und dass er gerne einmal Enkel haben würde. Sie nahm einen tiefen Zug, aber wahrscheinlich ist so etwas normal, ich habe ihn schon sehr verletzt. Nimm ihn nicht zu sehr in Schutz. Christof stand auf, aber bevor er wieder anpackte, sagte er, und dabei schaute er Natali herausfordernd an, melde dich besser mal bei Kristin.

Natali holte Luft, tauchte in eine Rolle, stieß sich mit den Füßen am Beckenrand ab und schwebte ein paar Meter, bevor sie weiterkraulte. Sie schob das Wasser an ihrem Körper entlang, Bahn um Bahn, von einem Rand zum anderen. Sie hielt kurz inne, tauchte wieder ab, holte lang aus, zog sich am Wasser nach vorn, ackerte durch dieses Element. Noch ein paar Bahnen, ein paar würde sie noch schaffen. Sie zuckte zusammen, schlug mit dem Bein aus, kam ins Strudeln, ihr Fluss war unterbrochen. Kristin tauchte neben ihr auf, sie hatte Natali am Fuß gepackt und lachte.

Natali musste auch lachen und schwamm an den Rand. Kristin kam ihr hinterher, langsam wie ein Frosch. Kennst du die Geschichte vom Hasen und vom Igel, fragte Natali, als Kristin sich schnaufend am Beckenrand festhielt. Wärst du lieber der Hase oder der Igel? Kristin fasste nach der Metallstange, schnell oder schlau? Ein Mann schwamm auf die beiden zu, bremste knapp vor ihnen ab, wendete, ohne sich am Rand abzustoßen, spritzte dabei viel Wasser mit den Füßen auf. Jetzt sind wir nass, sagte Kristin, paddelte näher zu Natali und deutete nach draußen, schau mal. Durch die Glaswand hindurch beobachteten sie, wie der Wind Blätter vor sich herpeitschte, auf den Boden schleuderte und wieder zu neuen Wirbeln zusammentrieb.

Natali trat aus der Dusche, cremte ihren vom Schwimmen müden Körper ein, massierte sich Öl in die Haare, zog die Unterwäsche an. Eine feuchte Hitze herrschte in der Garderobe. Kristin hatte noch ein paar Runden weiterschwimmen wollen. Natali setzte sich vor den Spiegel und trocknete die Haare, das laute Surren des Föhns nahm den ganzen Raum ein. Sie kämmte sich, schloss dabei die Augen, die vom Chlor brannten, und blies heiße Luft in die Haare. Sie bemerkte nicht, wie Kristin sich neben sie setzte, einen zweiten Föhn nahm und wie eine Pistole auf sie richtete, ihr in die Frisur blies. Kristin schaute Natali im Spiegel zu, wie sie versuchte, den heißen Wind zu verscheuchen, und lachte tonlos in die freie Hand. Erst als Natali die Augen aufmachte, lachte sie laut. Sie legte den Haartrockner weg und zog sich an, ohne ihren Blick von jenem Punkt im Spiegel zu lösen, den auch Natali anpeilte.

Natali schaltete ihren Föhn aus und legte ihn in die Halterung. Es war jetzt ganz still im Raum, niemand sonst war da.

Die Tür flog auf. Suli und Massimo kamen als Erste herausgerannt, der Reißverschluss an Sulis Jacke war noch offen, den Leuchtstreifen zog sie sich im Rennen über den Kopf. Natali fing sie auf, wirbelte sie im Kreis und stellte sie neben Massimo. Wo ist deine Mütze? Komm, wir machen die Jacke zu, du verkühlst dich sonst, sagte Natali und zog ihr den Reißverschluss hoch. Dann kehrte Suli um, Massimo, komm mit, ich muss meine Mütze holen!

Die Kindergärtnerin stand in der Tür und lächelte Natali an. Noch vor einem Jahr konnte keines die Schuhe alleine zubinden. Ja, sie sind groß geworden. Natalis Blick begleitete die beiden Kinder, wie sie Sulis Mütze suchten und sich schließlich vor der Kindergärtnerin aufstellten. Na, ihr zwei, ihr habt was ausgeheckt? Die beiden schüttelten zuerst die Köpfe, bevor Suli heftig nickte und Massimo zur Kindergärtnerin hinaufsagte, jetzt hat Sulis Mama auch selbst eine Wohnung. Suli nickte eifrig weiter, Massimo ist nicht mehr der Einzige, bei dem die Mama alleine wohnt. Ach ja? Die Kindergärtnerin schaute zu Natali. Die nickte, ja, und in der ganzen Stadt gibt es noch viel mehr Kinder, bei denen das genauso ist.

Aber die Kinder hörten schon nicht mehr zu. Sie stellten eifrig alle Finken ins Regal, reihten sie ordentlich ein, immer zwei und zwei. Natali schaute den beiden zu, das ist lieb, dass ihr das macht. Aber Mama, das ist doch mein Beruf. Du meinst dein Amt, die Kindergärtnerin musste lachen und wandte sich an Natali, Suli macht das gut, sie ist die Garderobenchefin hier im Haus.

Die Kinder schauten unter die Bänke und in jede Ecke, bevor sie sich zufriedengaben und hinausstürmten. Hinter ihnen schwang die Tür im Rahmen.

Wenn Sie mir vielleicht Ihre neue Adresse sagen, und die Post kann ich Suli doppelt abgeben. Natali notierte ihre

Straße, die Hausnummer und reichte der Kindergärtnerin das Papier. Das ist nicht weit von hier, sagte sie, und jetzt ist mir klar, warum Suli so still war in der letzten Zeit. Sie hat gar nichts gesagt, dabei erzählt sie doch so gern.

Natali legte sich den Arm über das Gesicht. Sie fasste mit der einen Hand nach Abi und strich ihr über den Rücken. Dann richtete sie sich auf, rieb die Augen, es war schon hell. Suli lag am unteren Rand der Matratze im Tiefschlaf.

Liest du mir was vor, fragte Abi leise. Natali nickte, ja, flüsterte sie, aber ich hole mir zuerst einen Kaffee. Möchtest du eine heiße Schokolade? Abi schaute ihrer Mutter zu, die im Shirt über Suli hinwegstieg. Sie guckte sich im kleinen Raum um, entdeckte das Poster an der Wand, den Stuhl neben der großen Pflanze. Sie spähte zum Fenster hinaus, konnte aber nur die nächste Hausmauer sehen. Suli bewegte sich im Schlaf und schmatzte. Abi saß ganz still, bis ihre kleine Schwester wieder ruhig schlief, dann legte sie die Decke über sie, damit auch die Füße warm blieben.

Natali stellte die Kissen an die Wand. So ist es fast wie auf dem Sofa, sagte Abi und lehnte sich an. Gebannt schaute sie in das Buch, las jede Zeile mit, die Natali vorlas. Die Hände hatte sie zwischen die Knie geklemmt, die Füße steil aufgerichtet, und rieb ihre beiden großen Zehen aneinander.

Natali leerte den Kaffee und legte ihrer Tochter den Arm um die Schulter. Abi schmiegte sich an sie, es ist schön, bei dir im Bett heiße Schokolade zu trinken. Natali zog ihr Kind näher zu sich, küsste sie auf den Kopf und atmete ihren Duft ein. Soll ich weiterlesen? Abi suckelte an ihrem Daumen, dann nahm sie ihn aus dem Mund, Mama, flüsterte sie. Ja? Natali legte das Buch zur Seite. Ich habe immer geglaubt, dass die andere Oma und der Opa tot sind. Du meinst meine Eltern? Abi nickte und schaute zu ihrer Mutter hoch. Nein, das sind sie nicht. Wie kommst du darauf?

Natali nahm Abis kleine Hand. Das Mädchen sagte lange nichts, schaute sich zuerst den kleinen Finger ihrer Mutter an, dann alle anderen, und schließlich schob sie ihre Finger zwischen Natalis viel größere, weil Papa sie angerufen hat. Natali sah ihre größeren Hände, und darin Abis kleine, in denen später vielleicht wieder kleinere Hände liegen würden, und darin wiederum eines Tages noch kleinere, und an dem Punkt kippte der Gedankengang. Natali sah größere Hände, und dahinter die noch größeren.

Papa hat gesagt, dass du die andere Oma und den Opa nicht sehen wolltest. Aber er will, dass sie uns kennenlernen, Abi ließ von den Händen ihrer Mutter ab. Natali saß da, neben sich ihre beiden Kinder, das eine schlafend, das andere hellwach. Sie holte tief Luft, Liebes, das war nicht ich, die sie nicht sehen wollte. Abi begann, die Finger zu bewegen, als würden sich die Nägelchen gegenseitig auffressen wollen. Ihre Stimme klang rau und schadhaft, ich glaube nicht, dass ich etwas machen könnte, das so schlimm ist, dass du mich nie mehr sehen willst.

Die Decke bewegte sich. Suli hob ihren Kopf, warum bin ich so weit unten? Sie kroch hinauf, legte sich neben ihre Mutter und schlief wieder ein. Abi beobachtete ihre kleine Schwester jetzt ganz genau. Wir müssen ein bisschen leiser reden, sagte sie fast ohne Ton und rückte noch näher an Natali heran.

Können wir bei dir immer im Bett frühstücken? Suli schob sich ein Stück Marmeladenbrot in den Mund. Sie rieb das

Butterfetzchen, das ihr heruntergefallen war, mit dem Finger in den Matratzenbezug, sog den letzten Rest Saft mit dem Plastikröhrchen aus ihrem Beutel, stellte ihn aufs Tablett und aß eine zweite Butterschnitte.

Müssen wir heute nicht in die Sonntagsschule? Abi stellte das beladene Frühstückstablett auf den Tisch, und musst du alles selbst abwaschen? Hier hat es keine Spülmaschine, sagte Natali, nahm das Besteck entgegen und legte es ins Spülwasser. Aber warum in die Sonntagsschule? Wegen des Weihnachtsspiels. Abi stellte sich ans Fenster und schaute in den Hof hinab, ich muss dort Klavier spielen. Aber heute ist Samstag, Liebes. Ein Löffel fiel ins Becken, Wasserspritzer platschten auf den Küchenboden. Heißt das, ihr müsst jeden Sonntag in die Sonntagsschule, damit ihr üben könnt? Abi nickte, sie redete noch immer gegen die Scheibe, Suli hat auch eine große Rolle im Weihnachtsspiel. Natali stellte sich neben ihre Tochter, legte ihr die Hand auf die Schulter, schaute mit ihr gemeinsam in den Hof hinab, auf die kahlen Büsche, einem Fahrrad fehlte der Sattel. Abi hauchte an die Scheibe und schrieb ihren Namen in den Dampf. Sie nahm das Tuch, das über einer Stuhllehne hing, kauerte sich nieder und rieb die kleine Pfütze am Boden trocken. Papa hat gesagt, dass wir auch in die Sonntagsschule gehen müssen, wenn wir bei dir sind.

Natali schluckte, spülte weiter, das Besteck schlug im Wasser gegeneinander. Abi stand mit dem Küchentuch in der Hand neben ihr, aber sie tat nichts, trocknete nicht ab. Was ist denn?, fragte Natali. Abi hob die eine Schulter, kommst du trotzdem zu meinem richtigen Konzert?

Natali rieb die Hände trocken und setzte sich. Komm mal her. Sicher komme ich, ich lasse mir dein erstes Konzert doch nicht entgehen. Und danke fürs Helfen, meine Große. Da nickte Abi stolz, löste sich aus der Umarmung und lief aus der Küche. Als Natali eine Weile später nach den beiden Mädchen schaute, lagen sie im Wohnzimmer auf dem Boden und waren fast fertig mit ihrer gemeinsamen Zeichnung.

Manuel bettete die Decke über Suli, sie war sofort eingeschlafen. Er legte ihr die Hand auf den Kopf, schloss die Augen und sprach ein leises Gebet.

Abi lag in ihrem Bett und beobachtete den Vater, und als er zu Ende gebetet hatte, rückte sie ein wenig zur Seite. Manuel setzte sich an ihr Bett. Das Kind nahm mehr und mehr die Züge ihrer Mutter an. Er seufzte. Bist du traurig? Abi redete leise, warf einen Blick auf Sulis Bett, die schon wieder schwitzte und sich freistrampelte. Manchmal schon, ja. Manuel schaute sein Kind an und griff nach der Kinderbibel, soll ich dir die nächste Geschichte vorlesen? Suli möchte sie auch hören, sagte Abi, und ich bin eben auch traurig.

Warum denn? Manuel nahm Abis Hand in seine, strich ihr über die Stirn, die Haare. Wegen Mama und dir, sie sagte es schüchtern, aber Manuel nickte. Das verstehe ich, mich macht es auch traurig, dass wir nicht mehr beieinander sind. Ich meine nicht das. Abi setzte sich auf, ich meine, weil ihr nicht die gleichen Sachen sagt. Manuel betrachtete seine Tochter, ihre schmalen Schultern, die Hände, die kräftiger geworden waren, seit sie Klavierstunden nahm. Von welchen Sachen sprichst du? Du hast gesagt, dass Mama die Oma und den Opa nicht sehen will, aber Mama sagt, es ist umgekehrt. Abi schaute ihren Vater an, streng beinahe, als würde sie über Brillenränder zu ihm hingucken.

Weißt du, manche Dinge versteht man noch nicht, wenn man ein Kind ist. Und manche Dinge versteht man sogar als Erwachsener nicht, oder erst, wenn viel Zeit vergangen ist.

Abi zerrte an ihrer Decke, raffte sie über ihren angezogenen Knien zusammen und umschlang den weichen Haufen mit ihren Armen, das darfst du nicht sagen! Sie schleuderte ihrem Vater einen wütenden Blick entgegen, und ohne Rücksicht auf ihre kleine Schwester rief sie, du darfst nicht sagen, dass ich es nicht verstehe, nur weil ich ein Kind bin.

Natali nahm Suli an der Hand, schau, da stehen unsere Namen. Sie hängten die Jacken über die Lehnen. Suli kletterte auf ihren Stuhl, setzte sich aber nicht, sie blieb auf dem Stuhl stehen und schaute sich um. Mama, dort ist Abi, sie zeigte auf ihre Schwester, die in einer Reihe mit den anderen Kindern an der Wand saß und einen konzentrierten Blick in ihre Noten warf. Abi ist die Kleinste, Suli kicherte und hielt sich beide Hände vor den Mund, weil sich die Frau direkt vor ihr umgedreht und die Augenbrauen hochgezogen hatte. Komm jetzt runter, sagte Natali, und Suli kletterte ihrer Mutter entgegen und setzte sich auf ihren Platz.

Papa! Suli entwischte wieder, quetschte sich durch die volle Reihe an den vielen Knien vorbei und sauste den Korridor entlang. Komm, wir sind hier vorne. Sie zog ihn an der Hand, schau, Mama, Papa ist da. Natali lächelte, und Manuel setzte sich. Er stützte die Ellbogen auf die Knie und schob die Finger ineinander, schaute von schräg unten zu Suli und Natali hinauf, dann sind wir mal gespannt. Sie hat bestimmt endlos geübt, Natali schlug das eine Bein über das andere. Und wie, Tag und Nacht, nicht wahr, Suli? Suli verdrehte die Augen, immer hat sie gespielt. Nicht so laut,

Natali legte ihr die Hand auf den Kopf, dann reckte sie den Hals und winkte zu Abi hinüber. Ich glaube, sie hat es gehört.

Als endlich Abi an der Reihe war, stellte sie sich neben das Klavier, wie es die größeren Kinder vor ihr getan hatten, und machte einen Knicks. Dann kletterte sie auf den Stuhl, ihre Füße hingen im Zwischenraum, das Pedal konnte sie noch nicht bedienen. Sie holte tief Luft und fing an zu spielen, zögerlich, schließlich immer sicherer, und als sie fertig gespielt hatte, stieß sie Luft aus, als hätte sie die ganze Zeit über nicht geatmet. Sie sprang vom Klavierhocker, blieb einen Moment stehen, bevor sie aus dem Applaus hinaus direkt ins Publikum rannte, zu ihrer Familie.

So, ihr drei. Manuel wickelte sich den Schal um den Hals, gehen wir Kuchen essen? Natali nahm Abi an der Hand, du warst fantastisch, ich habe nicht gewusst, wie gut du schon spielst. Sie stockte kurz, aber Abi achtete nicht darauf, sie hüpfte auf und ab, ihre Füße tippten den Boden bloß an, um sich von der Erde abzustoßen. Suli lief voran und blieb an der Ecke stehen, gehen wir in das Café, wo es Eis gibt? Manuel nickte. Suli düste davon, und als die drei das Lokal betraten, nahm sie mit großem Ernst und beiden Händen die Karte vom Kellner entgegen.

Wir essen einfach Kuchen. Manuel blätterte nach hinten, später sind wir noch bei Oma eingeladen. Suli rüttelte an Natalis Arm, wir gehen alle zusammen zu Oma, du musst auch mitkommen, Mama, unbedingt. Manuel zerzauste Sulis Haare, es war der Oma zu viel, heute ins Konzert zu kommen. Dafür wollte sie uns gerne mal wieder zum Nachtessen einladen, alle zusammen, zur Feier des Tages. Er reichte Natali die Karte, man weiß ja nie, wie lange das noch möglich ist. Natali nahm die Karte entgegen, platzierte sie auf dem Tisch, legte beide Hände flach darauf, heute Abend? Manuel nickte und winkte den Kellner heran, sie würde sich freuen. Sie hat wirklich viel für uns getan.

Ich bin heute Abend eigentlich verabredet, Natali öffnete die Karte, sie wollte gern etwas Richtiges essen. Sie blätterte, als wären diese Seiten unbedruckt, bis sie etwas an ihrem Knie spürte. Abi stupfte sie unter dem Tisch mit dem Fuß an.

Beide Mädchen bestellten eine große Portion Eis. Manuel hatte Lust auf die Tagestorte, aber als Natali an die Reihe kam, wusste sie nicht, was es sein sollte, Eis, oder Torte, es war ihr einerlei. Abi quiekste vor Freude, als ihre Mutter sich die Torte bestellte.

Natali? Kristin lauschte, sie flüsterte nochmals, bist du wach? Natali nickte, dann erst öffnete sie die Augen, drehte sich um, legte ihr Gesicht aufs Kissen und schaute Kristin im Dunkeln an.

Kannst du nicht schlafen? Kristin legte Natali die Hand auf den Arm, suchte ihre Finger, umschlang sie.

Ich habe schon geschlafen, aber ich hatte einen seltsamen Traum.

Was hast du geträumt?

Natali lag auf dem Rücken und sprach in die Dunkelheit, von der Himmelsleiter habe ich geträumt, ich stand unten, aber die Leiter war zu kurz, sie reichte nur ein paar Meter in die Höhe. Sie stockte, von unten konnte man das nicht sehen, erst auf der letzten Sprosse habe ich es bemerkt. Ich wäre beinahe ins Leere getreten. Von oben haben Engel herabgeschaut, die mir auch nicht helfen konnten.

Träumst du oft solche Dinge?

Es wurde heller, der Mond war hinter den Wolken hervorgekommen und schien ins Zimmer. Natali stützte sich auf den Ellbogen ab, ja, ich träume oft solche Dinge.

Macht es dir Angst?

Natali schaute über Kristin hinweg, sie nickte, wenn ich ehrlich bin, ja. Kristin setzte sich auf, nahm Natalis Hand, drückte sie, dann stand sie auf und schloss die Vorhänge, so hell war das Mondlicht.

Das ist wirklich gut. Christof stand vor den vielen kleingebrannten Figuren, die Natali rund um den Alabaster aufgestellt hatte. Sie nickte, ich muss noch überlegen, wie sie zum Stein in Bezug gesetzt werden können. Hast du einen Titel für die Arbeit? Natali setzte sich, nein. Mir fällt nur Quatsch ein, Pygmalion, oder Babuschka. Es fällt dir schon noch etwas ein. Christof stand auf, räumte seine Sachen zusammen, ich denke auch mal nach. Er ging zum Herd, hast du Zeit für einen Kaffee? Natali schaute auf die Uhr, ja, sagte sie und nahm eines der Zuckertütchen, die auf dem Tisch lagen. Sie schüttelte es wie eine kleine Rassel, vielleicht hat Kristin eine Idee.

Christof wandte sich um, klar, frag sie. Er stellte die Tassen auf den Tisch, und als er das Getränk eingoss, stutzte er, also doch Kristin?

Natali schlang ihre Finger um die heiße Tasse und nickte auf ihren Kaffee hinab, bis Christof lachen musste, endlich.

Natali schaute unvermittelt auf. Habe ich dir eigentlich erzählt, dass Rosalie heiratet? Rosalie aus deiner Kirche? Genau, sie will diesen Tobias jetzt doch heiraten und hatte mich gefragt, ob ich Trauzeugin sein möchte. Christof kniff die Augen zusammen, sag nur nicht, dass sie dich wieder ausgeladen hat? Ausgeladen nicht, aber ich habe sie beim Einkaufen angetroffen, mit der neuen Trauzeugin.

Natali spielte mit dem Papiertütchen, bis es zerriss und der Zucker auf den Tisch rieselte. Sie ließ es geschehen, schaute zu, wie das Häufchen wuchs, dann wischte sie sich den Zucker auf die Hand. Manchmal denke ich, ich hätte auf diese Israelreise mitfahren sollen. Warum denn das, fragte Christof, verstand es aber gleich selbst. Nein, das ist alleine Rosalies Entscheidung, dafür bist du nicht verantwortlich. Und weil Natali nun mit den Zuckerkrümeln beschäftigt war, setzte er hinzu, man kann andere Menschen nicht bewahren, schon gar nicht vor sich selbst. Rosalie braucht keine Bevormundung.

Ja, sagte sie und stand auf, du hast recht. Sie putzte den Zucker von den Händen, wusch die Tassen aus, stellte sie auf die Trockenfläche und murmelte, du hast wirklich recht. In Christofs Augen blitzte etwas auf, sonst nenn dein Werk eben Matrjoschka.

Schreibst du mir deine neue Adresse auf? Die Direktorin legte ein Blatt auf den großen Tisch. Natali nahm einen Stift und füllte das Formular aus. Zwei Kolleginnen, die ihren Kaffee im Lehrerzimmer tranken, schauten zu, wie die Schuldirektorin das Blatt entgegennahm und den Raum verließ.

Natali steckte den Stift ein und lächelte die beiden an. Ihr seid umgezogen?, fragte die Ältere. Ich bin umgezogen. Habt ihr etwas Größeres gefunden?, wollte sie wissen. Ich habe etwas gefunden. Natali stand auf und hielt sich an der Stuhllehne fest, ich wohne jetzt allein. Die jüngere Kollegin nickte. Die andere legte sich ein Lächeln auf und fragte weiter, ohne deine Kinder? Natali ließ die Lehne los, stand jetzt frei, nein, nicht ohne meine Kinder. Die Hälfte der Zeit sind sie bei mir. Immerhin, sagte die Arbeitskollegin. Natali nahm ihre Tasse, stellte sie ordentlich in die Spülmaschine und schaute auch nicht auf, als die Kollegin nachschob, arbeitet dein Mann nicht hundert Prozent?

Natali ging zur Tür. Da stand die jüngere Kollegin auf, ich komme gern mal deine neue Wohnung anschauen, sagte sie, wenn ich darf. Sicher, Natali hielt ihr die Tür auf. Die Kollegin wartete, bis sie zugefallen war, und sagte, nimm die nicht zu ernst. Weißt du, es wissen sowieso längst alle, dass du dich von Manuel getrennt hast. Sie muss dich nicht so löchern.

Wir sind schon wieder spät dran. Natali nahm die Mützen der Kinder in die Hand und schloss die Tür ab. Die beiden warteten unten im Eingang.

Sie rannten bei Orange über die Straße. Suli musste noch in der Straßenbahn schnaufen, und Abi fragte, kommen wir nach der Sonntagsschule wieder zu dir? Ich glaube schon. Natali kramte in ihrer Tasche, einen Moment lang fürchtete sie, ihr Buch vergessen zu haben, aber im Café könnte sie auch Zeitung lesen. Sie nahm die Kinder an die Hand, sie gingen schnell, Suli musste immer wieder drei Schritte rennen, um mitzuhalten. Los, es ist genau zehn Uhr. Gebt mir die Jacken. Natali küsste die Kinder, schaute ihnen hinterher, wie sie die Treppe hinunterrannten, hörte, wie die Tür zufiel.

Rosalies Mantel hing zuhinterst. Natali holte die Einladungskarte für die Ausstellungseröffnung aus der Tasche und schob die Karte mit dem kleinen Gruß in die Manteltasche. Aus dem Saal erklangen die ersten Töne eines Liedes.

Natali? Susanne stand hinter ihr, was machst du denn hier? Ich habe meine Kinder zur Sonntagsschule gebracht. Susanne musterte Natali, dann Rosalies Mantel, sie fragte aber nichts, deutete nur zur Tür, die in den Saal hineinführte. Der Gesang wurde lauter, als sie sie öffnete, und wieder leiser, als Susanne hinter der Tür verschwand.

Wie schön, dass du da bist! Francesca kam auf Natali zu und schüttelte ihr die Hand. Natali strich sich eine Strähne aus der Stirn, als Suli um die Ecke stürzte, dicht gefolgt von Abi. Manuel kam zuletzt. Meine Güte, wie du gewachsen bist! Francesca ging in die Hocke und Suli streckte ihren Rücken. Und das muss der Vater sein, Francesca streckte Manuel die Hand entgegen, was darf ich euch zu trinken bringen? Natali schaute Manuel an, bleib doch ein wenig, sagte sie. Er schob die Hände in die Taschen, ich bin heute mit Tobias und Rosalie verabredet. Dann kommt Rosalie gar nicht? Das weiß ich nicht, wir haben diesen Abend schon lange festgelegt, um zu planen. Manuel schaute sich nach den Kindern um. Die waren längst mit Francesca in der Galerie verschwunden.

Ja dann. Manuels Hände steckten immer noch in den Taschen, er zog die Schultern hoch, ich gehe mal. Und als er sich zwei Schritte entfernt hatte, sagte Natali, und wusste nicht, ob er es hören konnte, schöne Grüße an Sandra.

Bleibt bei mir, in diesen vielen Leuten. Natali stand mit den Kindern vor einem Gemälde mit dick aufgetragenen Leuchtfarben. Da bist du ja, und diese jungen Damen müssen deine Töchter sein. Natali wandte sich um. Sie kannte diese Stimme. Tom fasste sie an der Schulter und küsste sie auf beide Wangen. Du musst mir unbedingt deine Arbeit zeigen, sagte er und legte seine Hand auf Abis Nacken, die sie sofort abschüttelte. Oh, eine energische junge Dame! Kommt mit, ihr drei, und wieder berührte er Natali am Arm. Ich muss wissen, was du aus meinem Stein gemacht hast.

Natali blieb stehen. Also, sagte sie, das ist Abi, und das ist Suli. Und wir wollen jetzt erst mal etwas trinken, du kannst gerne mitkommen. Selbstverständlich, Tom ging stramm voran, und als sie an der Bar standen, sagte er deutlich genug, mich interessiert diese zeitgenössische Kunst normalerweise nicht. Aber was wollt ihr trinken?

Lasst uns aus diesem Gewühl hinausgehen. Natali balancierte ihr Glas in der einen Hand, in der anderen Sulis Orangensaft. Tom zündete sich gleich vor dem Eingang eine Zigarette an, ist das kalt heute. Ich glaube, ich muss mir meinen Stein ein anderes Mal in Ruhe anschauen. Er deutete mit dem Kopf auf die große Glasscheibe der Galerie, am besten gleich mit dir, und blies den Rauch aus.

Mama. Suli zog an Natalis Jacke, schau, Kristin kommt. Sie schaute kurz zu ihrer Mutter hoch, dann hielt sie ihr den Becher hin und rannte los. Kristin fing das Mädchen auf und trug es zurück. Sie suchte Natalis Blick, deutete mit dem Kopf auf die Kinder, aber Natali trat auf Kristin zu, zog sie an sich heran und küsste sie.

Tom ließ ein Räuspern vernehmen, trat seine Zigarette aus und machte einen Schritt zur Seite.

Abi, wie schön, dich zu sehen. Abi schaute Kristin an, schmiegte sich an ihre Mutter, bevor sie den Handschuh auszog und Kristin die Hand reichte.

Ich geh mal in die Ausstellung, Tom zog seinen Kopf zwischen die Schultern, hob eine Hand und machte sich davon. Das ist aber kein richtiger Künstler, oder, Mama?, fragte Suli, als er verschwunden war. Kristin war ganz belustigt, wer war das überhaupt? Der hat mir den Alabaster verkauft, redet aber immer noch von seinem Stein. Klar, Kristin musste immer noch lachen, Besitz ist Besitz.

Entschuldigung, Sie sind die Mutter von Suli? Natali stellte ihre Taschen ab und zog den Mantel enger um sich. Sie schaute dieser Frau ins Gesicht, die ihr die Hand hinstreckte und sagte, ich bin die Mama von Massimo. Wie schön, sagte Natali, und Massimos Mutter fuhr gleich fort, Massimo ist glücklich, dass Suli seine Freundin ist. Danke, dass er so oft zu euch kommen darf.

Er darf jederzeit zu uns kommen, auch in die neue Wohnung. Massimos Mutter wurde ganz ernst, ich bin froh, dass Massimo weniger alleine zu Hause ist. Ich muss einfach viel arbeiten. Ein wenig heiterer sagte sie, Massimo hat mir nie geglaubt, dass er nicht der Einzige auf der Welt ist, dessen Eltern nicht zusammenleben. Natali lächelte Massimos Mutter an, wenn Sie wollen, kommen Sie doch einmal mit ihm zu uns. Massimos Mutter guckte auf die Uhr. Das machen wir sehr gern, aber jetzt muss ich gehen. Ich muss zur Arbeit.

Natali nahm ihre Taschen und schaute der Frau hinterher, wie sie davoneilte, in ihrem Mantel, der etwas abgeschabt wirkte.

Wo soll ich das jetzt alles unterbringen? Natali hielt zwei der kleinen Figuren in den Händen. Stell es einfach mal hin, Platz hat es genug. Christof schob den dick gepolsterten Stein auf dem Sackkarren in den Raum.

Warst du zufrieden mit der Ausstellung? Natali entfernte die Luftpolsterfolie, drückte Luft aus den Plastikblasen, doch, doch, sagte sie und ließ noch ein paar dieser prallen Blasen platzen.

Aber?

Kein Aber. Es war schön, endlich einmal auszustellen. Christof kam näher und fing jetzt auch an, Luftpolster zu zerdrücken. Kleine Knalle folgten aufeinander, immer schneller, bis Natali sagte, das geht nicht, du bist aus dem Rhythmus, das sind Synkopen. Was sind Synkopen? Christof knipste jetzt mit beiden Händen und folgte absichtlich keinem Rhythmus. Synkopen sind Verschiebungen, aus dem Takt geratene Betonungen. Und woher weißt du so etwas? Natali überlegte, dann lachte sie auf, das willst du gar nicht wissen. Ha, Christof knipste und knallte, ich hör nicht auf, bis du es mir sagst.

Also gut. Die Kirchenlieder, die wir als Kind gesungen haben, durften keine Synkopen enthalten, weil sie den Namen Gottes verzerrt hätten. Verstehe, zwischen Christofs Fingern explodierten zwei Luftpolster kurz hintereinander. Irgendeiner, sagte Natali, findet so etwas immer heraus.

Danke, dass du da warst. Natali nickte und zog die Handschuhe über die Finger. Wir sehen uns, so oder so, sagte sie. Und ihre Schwiegermutter sagte, auf jeden Fall.

Halb umgewandt blieb Natali nochmals stehen. Vielleicht, sie hielt sich an der Türklinke fest, können wir nächstes Jahr wieder alle zusammen Weihnachten feiern. Ihre Schwiegermutter schaute sie an. Das sehen wir dann, wir müssen das heute nicht wissen. Die alte Frau kam einen Schritt näher, Natali, sagte sie. Du musst vor mir nicht Familie spielen, auch nicht Manuel zuliebe. Sie hielt inne und suchte das Gesicht ihrer Schwiegertochter ab, das war mein Eindruck, als ihr nach Abis Konzert zum Essen gekommen seid. Ich sehe schon, wie die Dinge stehen, auch wenn ich es nicht von Nahem mitbekomme.

Natali nickte. Die Augen hatten beide Mädchen von ihrer Großmutter. Sie drehte sich weg, drückte die Klinke, ging die drei Stufen hinunter, und in diesen drei Schritten lag ein Rhythmus, die Melodie dazu fiel ihr ein, turn, turn, turn, to everything, there is a season, oder hieß es reason.

Natali behielt den Mantel bei sich, rollte ihn ein und legte ihn auf die Knie. Den Schal behielt sie an und verschränkte ihre Arme. Sie hatte sich im hinteren Teil hingesetzt. Eine Säule versperrte ihr die Sicht. Dann wurden die Fensterläden geschlossen, und als es dunkel war im Raum, kamen die Kinder herein. Jedes trug eine Laterne.

Weihnachtslieder wurden angestimmt, manche erhoben sich. Rosalie stand ganz vorne neben Manuel und flüsterte ihm zwischen zwei Liedern etwas zu. Manuel nickte. Auf der Bühne, gleich neben dem Flügel, saß Tobias und deutete Rosalie, leise zu sein, und sie hob kurz die Schultern. Das letzte Lied verklang, die Spannung im Saal stieg, bis Abi auf die Bühne kam. Sie war als Engel verkleidet, kletterte auf den Hocker und musste aufpassen, dass sie mit ihren Schwingen nirgends anstieß. Konzentriert schaute sie in ihr Notenheft. Ganz still war die Gemeinde, gebannt von diesem Kind im Federkleid. Abi schlug die ersten Töne an.

Die Akkorde füllten den Raum. Die kleinen Hände holten vollendete Melodien aus dem riesigen Instrument heraus, das Leitmotiv öffnete sich und brach ab. Jemand machte ein Geräusch, es war nicht klar, ob Verwunderung darin lag oder Verwirrung. Abi fing nochmals von vorne an. Sie spielte etwas leiser, klarer, genauer, und leicht spielte sie über die Fehlerstelle hinweg. Der Krampf in Natalis Fingern löste sich.

Jemand summte die Melodie mit, Feierlichkeit legte sich über die Gemeinde, und Abi spielte immer weiter, bis sie nochmals fiel und die Musik stillstand. Reglos saß sie vor dem riesigen schwarzen Kasten, bis sie sich plötzlich das Gefieder von den Armen zerrte, hinter sich schmiss und an der Stelle weiterspielte, wo sie herausgefallen war. Aber sie kam nicht voran. Jeder Ton war mühsam. Abi drückte die Tasten einzeln, zu schnell, zu kräftig, zu zögerlich, dann gab sie auf, ließ die Arme hängen und zuckte, einmal, zweimal, bevor Manuel aufsprang und sie von der Bühne holte.

Ein Flüstern war zu vernehmen, als Suli gebückt nach vorne huschte und für ihre große Schwester hastig die Flügel einsammelte.

Natali, dich habe ich nicht gesehen, Rosalie legte ihre Hand auf Natalis Arm. Schön, dass du gekommen bist. Ich saß da hinten, Natali deutete zur Säule. Hoffentlich konntest du etwas sehen? Rosalie kam näher, redete leiser, ich wollte mich noch entschuldigen, dass ich nicht zu deiner Ausstellung kommen konnte. Schon gut, sagte Natali, aber Rosalie fuhr fort, wir hatten die erste Besprechung für die Hochzeit, das Datum war schon lange ausgemacht. Es ist wirklich gut, sagte Natali noch einmal, es sind viele Leute gekommen, und die Kinder waren auch da. Rosalie nickte und lenkte das Gespräch in eine andere Richtung, Abi spielt wirklich schon ganz gut, aber vielleicht hat sie ein zu schwieriges Stück erwischt. Das denke ich nicht, sagte Natali und blickte zu Manuel, der auf die beiden zukam. Selbst wenn das Stück zu schwer gewesen wäre, hätte sie es geübt, bis sie es perfekt gekonnt hätte. So ist Abi einfach, das hat sie auch beim Konzert an der Musikschule gezeigt.

Das war schön, sagte Rosalie zu Manuel, das war die schönste Sonntagsschulweihnacht, die ich je erlebt habe. Nur nicht für alle. Manuel wandte sich Natali zu, sie konnte das Stück perfekt, wirklich, schon seit Wochen.

Da schnellte Abi auf Natali zu und drückte sie mit aller Kraft. Ich habe dich nicht gesehen, ich dachte, du bist nicht da. Natali schaute auf den Kopf ihrer Tochter, strich ihr über die Haare und ging in die Hocke. Ich habe doch versprochen, dass ich komme, Abi, Liebes. Das Kind nickte, immer heftiger, es wickelte sich Natalis Schal um den Kopf und begann zu weinen.

Der Pfarrer stellte sich neben Manuel. Das haben die Kinder schön gemacht, und Abi spielt noch nicht lange. Im Sommer ist sie der Sache dann gewachsen. Abi schlang ihre Arme fester um den Hals ihrer Mutter. Natali schickte einen Blick zu Manuel, der sich am Kinn kratzte, indem er nicht die Hand bewegte, sondern den Kopf.

Suli kam mit zwei Laternen. Abi trocknete sich die Tränen am Schal, nahm ihren Lampion und reichte ihn der Mutter. Ich will meinen auch Mama schenken, sagte Suli, und Abi wischte sich nochmals über die Augen, bevor sie sagte, wir können sie beide Mama geben.

Kinder, ihr bekommt noch euer Weihnachtsgeschenk! Wie konnten wir das vergessen. Rosalie eilte zu Tobias, und auch der Pfarrer nickte, einmal, und sagte, also.

Natali stand Manuel mit den Laternen gegenüber. Die Kerzen darin brannten noch. Du willst auch eine, sagte sie und versteckte sie hinter dem Rücken, welche Hand wählst du. Manuel schluckte leer, dann wies er auf Natalis rechten Arm.

Dein Weihnachtsbaum ist viel kleiner, Suli kletterte auf Natalis Knie. Manuel trug eine dampfende Schüssel ins Wohnzimmer und stellte sie auf den Tisch. Habt ihr schön gefeiert bei der Oma?, fragte Natali, und zu Manuel sagte sie, es schmeckt alles sehr gut. Danke, sagte er und aß weiter, und erst nach zwei Bissen wies er die Kinder an, Mama hat euch was gefragt. Oma hat Kartoffelpuffer gemacht, sagte Abi, und Suli legte das Besteck hin, ihr Weihnachtsbaum ist viel schöner als der von Papa. Der Baum von Oma hat nur mehr Sachen dran, sagte Abi, aber Suli zeigte mit den Fingern, so schön ist er, und überall hängen Schokoladenmäuse dran.

Manuel schmunzelte und suchte Natalis Blick. Sie legte Suli die Hand auf den Kopf, hast du Papa schon erzählt, wen wir morgen sehen? Da schob Manuel sein Weinglas von sich, legte die Gabel grob auf den Tisch. Suli schaute zu ihrer Mutter, dann zu ihrem Vater, und erst jetzt begriff Natali. Wir sind morgen mit Massimo und seiner Mutter verabredet, sagte sie hastig, Massimo geht mit Suli in den Kindergarten.

Manuel trank einen großen Schluck Wein. Er biss sich auf die Lippen und räusperte sich, hast du viel Kontakt mit Massimos Mutter? Ich habe sie vor Kurzem auf der Straße angetroffen. Die Kinder spielen oft miteinander. Suli nickte dazu, sie war in ihrem Stuhl so tief hinabgerutscht, dass ihr Kinn beim Sprechen auf die Tischplatte tippte, Massimos Mama ist auch alleine in ihrer Wohnung.

Suli hatte alle Geschenke ausgepackt. Sie saß mit ihrer erweiterten Stofftierfamilie in der Sofaecke und schaute zu, wie Abi ihre Stäbe auspackte. Was ist das, Mama? Abi ging zu Natali, und als sie bei ihr war, fiel sie ihr um den Hals, ließ sie gleich wieder los. Ich habe gar kein Schlagzeug. Aber ich weiß, wo du üben kannst, sagte Natali. Manuel kratzte sich über dem Ohr, ich weiß es auch, kam er Natali zuvor, unten im Gemeinschaftsraum, man muss sich nur eintragen, wenn man üben will. Abi stand da, machte ihre Freudenfäuste, ließ die Stäbe fallen und umarmte diesmal Manuel. Sie lachte so sehr, dass sie auch ein bisschen weinte.

Natali blieb sitzen. Ich dachte, du weißt nicht, dass da ein Schlagzeug steht. Doch, natürlich. Er stand auf, ich hole das Dessert.

Manuel öffnete eine neue Flasche und füllte die Gläser. Das waren wirklich schöne Weihnachten, er klang beinahe tapfer. Ein paar Kerzen brannten noch, Papier lag herum, Natali hatte die Geschenke ihrer Kinder neben sich auf den Boden gelegt. Ich schaue mal nach, ob sie wirklich schlafen. Manuel ging aus dem Raum, und Natali stand auch auf, öffnete die Balkontür und trat hinaus in die kalte Luft. Lautlos schob ein Auto seine Lichter durch die Gasse.

Manuel kam auf den Balkon. Kurz legte er Natali die Hand auf die Schulter und nahm sie gleich wieder weg. Ich wollte dich nicht erschrecken. Natali schüttelte den Kopf, schlafen sie? Wie Engel, aber beide haben die Decke von sich geworfen, wie so oft in letzter Zeit. Und sie schlafen immer noch im gleichen Bett. Ich weiß, sagte Natali, bei mir schlafen wir auch zu dritt im gleichen Bett. Sie schauten auf die Straße hinab, auf den kleinen Platz mit dem Brunnen.

Wie geht es dir? Manuel schaute Natali an. Sie nickte. Ich denke, es geht.

Es war eine klare Winternacht, nur Schnee lag nicht. Weißt du, Manuels Stimme war brüchig. Ich wollte dir etwas erzählen. Was denn, Natali wandte sich ihm zu, was wolltest du erzählen? Ich bin nicht mehr für die Gottesdienste verantwortlich. Er schaute in die Weite, nur noch bis Ende Jahr. Ist es dir zu viel geworden? Manuel schwieg, sammelte sich, nein, sagte er. Es wurde mir nahegelegt, das Amt abzugeben.

Verstehe. Natali verstand wirklich. Sie wunderte sich nicht, als Manuel fortfuhr, Tobias findet, das habe seine Richtigkeit. Ihm persönlich sei seine Großzügigkeit wichtiger, deswegen will er mich als Trauzeugen behalten. Obwohl du deine eigene Frau nicht zur Vernunft bringen kannst?

Eine letzte Schwere des alternden Jahres legte sich auf den kleinen Balkon. Beinahe versöhnlich klang es, wie Manuel vor sich her und doch zu Natali sagte, du liebst sie wirklich. Es war kalt, Manuel verschränkte die Arme, und es fröstelte ihn, als er sagte, ich bin trotzdem froh, dass sie kein Mann ist. Er goss die Gläser nochmals voll, hielt Natali eines hin und nickte ihr zu, als sie es annahm, als danke er ihr für dieses gestundete Beisammensein.

Der Wind peitschte das Wasser auf, sie blieben stehen, blickten über den See hinweg, in den Sturm hinein. Natali zog den Mantel enger um sich und schlug den Kragen hoch, ihre Nasenspitze war ganz rot. Am liebsten würde ich einen Winterschlaf machen. Kristin schob Natali die Mütze aus der Stirn, die ihr die Augen fast verdeckte. Da leg ich mich dazu.

Und wenn wir aufwachen, sagte Natali beim Weitergehen, ist es Frühling, in diesem Park, dicht beim Paradies, und die Blumen blühen, sie hielt inne, sie genierte sich ein wenig für den zitierten Vers, aber Kristin fuhr fort, als wüssten sie's.

Die Kälte fuhr ihnen ins Gesicht, eine Bö zerrte an den Kleidern. Sie gingen nebeneinander her, liefen immer weiter und schauten ab und zu zueinander hin. Kristin verschränkte ihre Arme, hielt mit ihrer ganzen Kraft gegen diesen Wind, und mit fast geschlossenen Augen sagte sie laut in den Sturm hinein, sie musste beinahe rufen, könntest du dir vorstellen, Silvester mit mir zu verbringen?

Natali wusste selbst nicht, war es die Kälte, die ihr Tränen in die Augen trieb, sie spürte nur, wie sie sofort abkühlten. Sie öffnete den Mund, aber die Zähne schmerzten, der Hals, die Zunge, als wäre sie eingefroren mit ihrem ganzen Sein im ewigen Eis. Kristin blinzelte nervös, an ihren Wimpern hatten sich Eiskristalle gebildet, und Natali sah, dass sie schlucken musste.

Plötzlich ließ der Wind nach, und in die Stille hinein schlug Kristin vor, wir könnten etwas Warmes trinken. Natali blieb stehen und wickelte sich enger in den Schal. Da wurde der Wind schon wieder struppig, jagte kleine Äste über den Asphalt, Schnee würde so nicht fallen. Kristin schob die Hände in die Manteltaschen, da vorne gibt es ein kleines Café. Sie wollten weiterziehen, als eine junge Frau bei ihnen stehen blieb.

Natali wunderte sich, woher Kristin sie kennen könnte. Die junge Frau lachte sie beide standhaft an und sagte, darf ich etwas fragen? Aber gerne, sagte Kristin, und da wollte die junge Frau wissen, gibt es Dinge, die Sie in den letzten Wochen belastet haben?

Kristin trat mit den Füßen an Ort und Stelle, es gibt doch immer etwas, was einen beschäftigt. Dabei schaute sie Natali an, die wie erstarrt stand und sich nicht rührte.

Dann würde ich Ihnen gerne anbieten, für Sie zu beten, sagte die junge Frau. Sie war sehr schön, mit ihren Locken, die unter der dicken Mütze hervorquollen, und schaute von Kristin zu Natali, hin und her.

Eigentlich können wir selbst beten, sagte Kristin, aber danke, und die junge Frau schob ihr hübsches Gesicht zu einer Freundlichkeit zusammen, umso besser, dann wünsche ich Ihnen einen schönen Tag. Kristin fasste Natali an der Hand, so, dass es auch die junge Frau registrierte, und nickte ihr zu. Danke, ich wünsche Ihnen frohe Weihnachten.

Natali atmete aus. Eisige Wolken entstanden vor ihrem Gesicht, und wie sie einatmete, spürte sie, dass ihre Nasenhaare vereist waren. Die beiden setzten ihren Weg fort, und nach einer Weile erst sagte Kristin, dieses Café dort vorne meinte ich.

Die Kellnerin brachte die heißen Getränke. Natali nahm einen Schluck, stellte die Porzellantasse ab, ich habe Silvester den Kindern versprochen. Und Manuel. Kristin rührte Zucker in ihren Tee, legte den Löffel hin und fasste nach Natalis Hand. Aber Natali gab ihre Hand nicht her, sie bedeckte ihr Gesicht.

Als ihr etwas wärmer geworden war, trank Natali ihre Schokolade, rührte mit dem Löffelchen in der leeren Tasse, blickte in das filigrane Gefäß hinein. Dann legte sie den Löffel ab und schaute Kristin an, Weihnachten ist schon vier Tage her. Warum meinst du? Weil du der jungen Frau frohe Weihnachten gewünscht hast. Kristin lächelte, aber Natali nickte bloß, weißt du, sagte sie endlich, so einfach ist das alles nicht.

Sie schauten auf das weiße Tischtuch, die Kaffeetassen, auf ihre vier Hände, die Finger, die Nägel, den Schmuck. Ich weiß, aber solange wir selbst für uns beten können? Natali mochte nicht heiterer werden, und Kristin strich ihr mit einem Finger sachte über die noch immer kühle Hand, findest du das wenigstens ein bisschen lustig?

Natali nickte. Ein bisschen schon. Aber um ehrlich zu sein, ich bewundere diese junge Frau sogar. Alleine hätte ich mich so etwas damals nicht getraut.

Dank

Für die Lektüre verschiedenster Fassungen und Gespräche rund um die Entstehung dieses Textes danke ich Julia von Lucadou, Benjamin Schlüer, Elise Schmit, Florens Schwarzwälder, Saraj Sarah Stutz, Philipp Theisohn, Franziska Witschi.

Fritz Frauenfelder und Anna-Barbara Schlüer danke ich für das Sentner Refugium, und ein besonderer Dank für das fehlende Teilchen geht an Shpresa Jashari.

Für Patricia.

Für die Unterstützung der Arbeit an diesem Roman bedanke ich mich beim Literarischen Colloquium Berlin für das Aufenthaltsstipendium 2019, bei der Stiftung Landis & Gyr für das Werkstipendium 2020 sowie bei der Stadt Zürich für das Arbeitsstipendium Covid-19 2021.

Autorin und Verlag danken für die Unterstützung

Kanton Zürich
Fachstelle Kultur

Stadt Zürich
Kultur

Thurgau
Lotteriefonds

Der Verlag edition bücherlese wird vom Bundesamt für Kultur mit einem Strukturbeitrag für die Jahre 2021–2024 unterstützt.

eb

www.buecherlese.ch

Lektorat: Liliane Studer
Korrektorat: Thomas Hack
Autorinnenfoto: Ayşe Yavaş

Gestaltung Umschlag, Typografie: Benedikt Troxler
Druck und Bindung: Pustet Regensburg

ISBN 978-3-906907-73-4
1. Auflage 2023